El águila y el jaguar

(UNA HISTORIA DE AMOR EN TIEMPOS DE TEOTIHUACÁN)

Idelfonso Gonzalo Zacaula Velásquez

Titulo Original

"El águila y el jaguar; Una historia de amor en tiempos de Teotihuacán"

Primera Edición 978-607-29-0085-1

2

Indice

En muchas ocasiones, la realidad es más absurda que la ficción,
y el comportamiento de los seres humanos,
es más absurdo que la realidad.

El amor, es un elemento incorpóreo, e irracional,
que logra mantener unidos a los seres humanos,
con tal fuerza y determinación,
que es imposible destruirlo.

El amor derrota reinos, pero construye imperios.
Es más fuerte que cualquier materia.
Traspasa barreras, lugares y tiempos,
inclusive, tal vez, la vida misma.

El amor mata, aprisiona, cautiva.
El amor fortalece, rejuvenece.
El amor hechiza, paraliza, trastorna.
El amor enternece, enloquece, seduce.

Pero, si el amor acaba,
la ilusión muere, la flor se marchita,
las aves enmudecen, los Dioses caducan,
la tierra languidece y la humanidad,
desaparece.

"Códice I.G. Zac"

1 La historia de amor más bella.

— ¿Quién olvidará, mis pequeños oyentes? —. Comenzó su relato el anciano—, las fabulosas historias, que han quedado en el corazón de los hombres y en el recuerdo de las añoranzas. Las cuales se han convertido en leyendas, mitos o tradiciones, que han dejado sueños e ilusiones en la mente de quien las escucha. Y todo por la valentía de sus personajes, o la belleza de sus mujeres, por las aventuras que vivieron, o las hazañas que realizaron.

—He aquí pequeños hijos míos, la historia de un gran amor, trágico y triste, pero a la vez bello y divino, la contaré, no por la transmisión simple de los relatos, más bien, por la perpetuidad de nuestro paso por esta tierra. Porque, nacemos y nos consumimos, en un instante de la eternidad.

—Y tan real —. Continúo el anciano—, como lo son, los lugares donde se desarrolló esta historia, una ciudad mágica, misteriosa, imponente, majestuosa, la cual todavía está en pie, persiste hasta nuestros días. Abandonada, porque sus constructores pensaron, que nadie sería digno de vivir ahí. Ustedes conocen esa ciudad, ya que es llamada, "la ciudad donde los hombres caminan y se convierten en dioses". **Teotihuacán**.

Los ojos del anciano, observaron aquellos rostros de los jovencitos reunidos a su alrededor, al pronunciar el nombre de la ciudad, **Teotihuacán**.

Era de noche, un frío helado se filtraba por los poros de la nariz, la fogata en la cual estaban reunidos, no alcanzaba a calentarlos del todo, algunos de ellos tiritaban de frío, pero esos chiquillos, no apartaban la vista del anciano, se encontraban expectantes, anhelantes, queriendo oír las maravillosas historias de esa ciudad mágica y misteriosa.

Era lógico, ya que se tenía la idea que los hombres que vivieron ahí se convirtieron en Dioses, recinto de lo sagrado, donde sus pirámides majestuosas representaban lo más grandioso de la naturaleza, el sol y la luna, el hombre y la mujer, el día y la noche, el cielo y la tierra, el niño y el anciano, el ciclo entero de la vida, además, como los estudiosos descubrirían muchísimo tiempo después, sus calles y templos representaban el cielo en la tierra, donde el paso de las estrellas, quedó representado en sus edificios y sus grandes calzadas. Donde al pasar los seres vivos, atravesaban la puerta de la muerte y se convertían en la representación de lo divino.

El anciano continúo su relato.

—Es la historia de dos amigos, enamorados de la misma bellísima mujer, la princesa **Quetzalli,** una mujer tan hermosa, que alumbraba con su belleza los lugares por donde caminaba.

Entrecerró los ojos, y como si estuviera caminando ahí, les fue contando de los lugares que veía, de los hechos y proezas que tuvieron lugar. De una forma tan precisa y exacta, que todos quedaban como hipnotizados, todos oían atentos el relato, de repente, los sonidos y el bullicio de la ciudad invadió sus sentidos, al cerrar los ojos, las imágenes de la ciudad maravillosa, fueron abriéndose en su mente, como si ellos mismos caminaran por ahí, sintieron el calor, percibieron los aromas, oyeron los ruidos de los animales, el murmullo de las personas, contemplaron la inmensa y maravillosa ciudad de **Teotihuacán** en todo su esplendor, caminaron deslumbrados en medio de sus calles, en medio de la gente que deambulaba de un lado a otro, atendiendo sus asuntos, entre el calor de una tarde polvorienta, soleada y sofocante…

2 La ciudad donde los Dioses caminan

Teotihuacán era una ciudad magnífica y espectacular, las grandes pirámides, dedicadas a la divinidad, regían los ejes de la vida. Por su belleza y espiritualidad era llamada "la ciudad de la morada de los Dioses", tan perfecta había sido diseñada, que el sol marcaba la entrada de las fechas, al pasar por su centro en los solsticios de verano e invierno.

La precisión matemática en el trazo de la ciudad, siempre ha maravillado a los eruditos en los temas científicos y místicos, pero la grandeza y el esplendor de la ciudad, dejaba admirada a toda la gente común, que no sabía de matemáticas, ni de astrología o astronomía, y que se empequeñecía, al observar la opulencia de esta, nadie lograba escaparse de su seducción, de su gloria y magnificencia.

Solo con estar parado, a la mitad de la calzada de los muertos, el trazo largo y perfecto, hacía que más de uno se estremeciera, como si al estar ahí, de pie, el espíritu se transportara a las estrellas, muchos ya estudiaban el mosaico de la ciudad, comparando los mapas estelares. Además se sentía el paso de las almas al recinto de lo sagrado, el encuentro con los mismísimos Dioses y con el simple hecho de situarse en el medio de la calzada, convertirse también en un Dios.

La ciudad entera estaba consagrada a las divinidades, era por eso que los magníficos edificios tenían a su cargo a las principales dualidades, la luna y el sol, dualidad divina reflejada en muchos aspectos de la vida, el día y la noche, el hombre y la mujer, el bien y el mal, la oscuridad y la luz, esa dualidad dividía todos los sentidos, estrictamente todas las actividades de la vida.

En toda la tierra conocida y la no conocida, en las míticas tierras legendarias más allá de los limites, no existía una ciudad tan majestuosa, las leyendas sobre las ciudades grandiosas del **Mayab,** que rivalizaban con **Teotihuacán** eran solo eso, leyendas, aunque los viajeros que llegaban de aquellos lugares, hablaban muchísimo de ellas y aseguraban su existencia.

Las escuelas eran las mejores del mundo, los templos, estaban adornados todos los días del año, las ceremonias estaban precedidas, de días de preparación y días de jolgorio, así que la fiesta no duraba solo un día, sino varios.

Los mercados o "**tianguis**", como los llamaban ellos, rebosaban de gente y mercancias, donde se podía encontrar cualquier producto, de cualquier parte del mundo, el bullicio era ensordecedor , el trueque la única forma de pago, pero casi siempre regidos por el peso del maíz, que no era la moneda pero sí la referencia aplicada, sin embargo, las plumas de aves exóticas eran muy apreciadas, lo mismo la cerámica de lugares remotos, o las flores desconocidas en las cercanías, aunque el oro y la plata llamaban la atención de muchos, rivalizaban con la obsidiana y el jade, porque eran los indispensables para fabricar armas o artículos de adorno para los templos.

Los templos dedicados a **Quetzalcóatl, Chalchiuhtlicue, Tláloc, Huehuetéotl y Quetzalpalotl** humeaban expectantes, listos para cualquier ceremonia, rituales perpetuos y rígidos, eternos como los Dioses mismos a los que representaban. Al estar parado en cualquier parte de la ciudad, se sentía uno pequeño, el asombro de las personas que nunca habían estado ahí era grande, se maravillaban con el brillo y colores de los edificios, y en las noches parecía un espectáculo divino, con todas las antorchas encendidas y las pirámides humeantes, las sombras bailarinas que se dibujaban en los edificios, semejaban las almas de animales, plantas y humanos, que salían de los templos de sacrificios, lugares donde nunca se terminaban las ofrendas a los Dioses.

Sin embargo, pocos eran los que lograban llegar a la cima de los templos, era lugar reservado para los altos sacerdotes, los sabios, los guerreros poderosos llamados caballeros, pero a la gente común no le importaba, al contrario, sabían que, para que alguien tuviera el honor de subir ahí, necesitaría lograr proezas especiales, o actos heroicos espectaculares, soñaban con que sus hijos tal vez, sí llegarían a estar ahí, por eso las escuelas tenían tantos alumnos. Las mejores familias de la region enviaban a sus hijos a estas, con la esperanza de que fueran aceptados y hacer algo glorioso para su clan o su familia.

Aunque en la sociedad teotihuacana, las clases sociales no estaban muy marcadas, en los últimos años, la riqueza de la ciudad, había hecho que mucha gente de otras regiones emigrara a esta, por tal motivo, las familias originales se sentían desplazadas, lo cual originaba alguna que otra riña, este era otro motivo tal vez más mundano, que motivaba a las familias o clanes a hacer hasta lo imposible, para que sus hijos se graduaran como sacerdotes o militares, aunque no hubiera guerras o los templos estuvieran saturados, siempre eran más vistosas e impresionantes las ceremonias, cuando más participantes requería.

Por lo tanto, las escuelas siempre se encontraban a su máxima capacidad, otra parte del pueblo con espíritu más aventurero, se embarcaba en viajes increíbles, comerciantes que lograban llegar a los confines del mundo, y que llevaban la mercancía que se producía en la ciudad, o en las regiones cercanas, enriqueciendo no solo la economía de la ciudad, también el intercambio de conocimientos con otras regiones, por lo tanto, también eran tratados como héroes aunque más anónimamente, pero eran apreciados en la sociedad, aunque la envidia que generaba la acumulación de sus riquezas personales, a veces los marginaba de los sacerdotes y guerreros.

Pero los comerciantes, eran tan importantes o más que estos, gran parte de la riqueza de la ciudad provenía del comercio y no de la guerra. Así era pues que, con bases más mundanas que espirituales, la ciudad de **Teotihuacán**, en el fondo tenía más defectos que virtudes.

Y aunque muchos lo sabían, pocos hacían algo por resolverlo, el Concejo de Sabios y su representante máximo, el magnífico emperador, trataban desesperadamente de apuntalar una ciudad, que magnífica y gloriosa a la vista, se encontraba en esos momentos de su historia, porosa y a punto de derrumbarse.

3 Calmécac nido de guerreros

Acozac el joven guerrero se despertó, e inmediatamente de un brinco estuvo de pie. Extendió su delgado pero musculoso cuerpo hacia el poderoso Dios sol, que se abría paso entre la bruma matutina anunciando el nuevo día.

— ¡Hoy es el gran día! —Dijo en voz alta—. Hoy me convertiré en caballero jaguar y seré, ¡Simplemente el más grande! Le demostraré a todo el mundo, que nunca ha existido un caballero tan poderoso como yo.

Al ponerse el atuendo de ceremonia, recordó cómo había llegado a ese punto, desde su niñez hasta la selección de su profesión, parecía bastante fácil a lo lejos, pero era una proeza que lo hubiera logrado. La realidad era, muchísima preparación, dedicación y fortuna, ¿Por qué no?, le habían dado esa oportunidad, sabía que no era descendiente de alguna familia prominente, pero su padre y tíos habían luchado bien en tiempos pasados, y su clan o familia ya gozaba de cierto renombre, de cierto respeto dentro de su ciudad, claro que también él había demostrado en las pruebas, que estaba dedicado a convertirse en un gran guerrero.

Además tenía un aliciente extra, la bellísima **Quetzalli**, hija del general caballero águila **Tecalco,** valiente y noble guerrero.

Recordaba cuando su amigo **Xolox** se la presentó, le pareció la mujer más hermosa del mundo, tanto que quedó enamorado de ella, inmediatamente, la amistad entre los dos amigos se volvió rivalidad. Y aunque luchaban por el amor de la misma mujer, siempre se respetaron, ambos eran justos y caballerosos.

Ahora que, existía un gran inconveniente para la causa de **Acozac.** El caballero águila **Tecalco** llegó a ser emperador muy joven, al principio fue para él, una buena noticia pero la realidad fue otra. El emperador normalmente comprometía a sus hijas, por algún acuerdo político o comercial con otros estados, pero esto no le preocupaba en lo absoluto, ya que, se sabía que el emperador **Tecalco** era justo, de hecho en varias ocasiones, príncipes de otros reinos lejanos y que deseaban a **Quetzalli** como esposa, habían ofrecido riquezas y tesoros inimaginables, pero el emperador se había rehusado, porque le importaba mucho la opinión de su hija, por eso **Acozac** soñaba y muy alto.

Recordó la dulzura del rostro que le animaba a esos pensamientos, la princesa **Quetzalli** de mirada dulce y caminar tan exquisito, que parecía que no tocaba el suelo. Era tan hermosa, que opacaba la luz del Dios del amanecer, o así lo percibía.

Esos pensamientos fueron cortados de tajo, por el sonido alarmante de los caracoles de los centinelas, que anunciaban el comienzo de la jornada.

—Caray, qué sonido tan potente sale de tan pequeño objeto —, le dijo a su compañero de cuarto, el cual se incorporó de inmediato dando tumbos ante la estridencia.

Su amigo era muy joven, alto y muy delgado, con una actitud vivaracha ante la vida, se llamaba **Acatzin** y también quería ser caballero jaguar, admiraba muchísimo a **Xolox y Acozac**, pero al joven le faltaban todavía un par de años para poder aspirar a la ceremonia de consagración de caballero.

—Valla que sí, el sonido es fuerte—. Dijo **Acatzin** riendo—, hasta los mismísimos Dioses se han de despertar enojados.

Se encontraban recluidos en el **Calmécac,** la escuela donde se forjaban los guerreros y sacerdotes más honorables de todo el orbe, y la de más renombre, debido a la educación que se impartía, además, grandes guerreros y sacerdotes habían salido de ahí, los cuales llegarían a ser los héroes de grandiosas hazañas, todo mundo sabía que la mayoría de los emperadores estudiaron en esa escuela.

Acozac se preguntaba qué suerte tendría **Xolox,** su mejor amigo y rival de amores, **Xolox** se postuló para ser admitido como caballero águila, era de su misma estatura, pero más ágil que él y lo reconocía pero no le daba importancia, aunque en el juego de pelota, era más importante la fuerza que la agilidad, según sus propios principios, sin embargo, si lo pensaba bien siempre quedaban empatados en términos atléticos, de fuerza y valentía.

En conocimientos generales, los dos eran sobresalientes en destreza, liderazgo y don de mando, no se quedaban atrás ni uno ni otro, era ya conocida por todos, su rivalidad, aunque la mayoría de sus compañeros pensaban, que era simplemente un juego de vanidad, nadie sabía la verdadera historia,.

Desde niños al conocer a la princesa **Quetzalli,** habían hecho un pacto, solo el mejor de ellos, sería digno de su amor, el que resultase ganador de acuerdo a la preferencia de ella, tendría el honor de amarla, y el otro se retiraría triste, pero consiente que se había enfrentado a un rival poderoso.

En sus juegos desde niños, a veces ganaba uno a veces otro, total que siempre estaban parejos, pero los dos soñaban con llegar al triunfo, y el premio sería un beso de la mujer más bella del valle de los Dioses.

El encargado de grupo entró con bastante estruendo y dijo:

— ¡Maldita sea! ¿Todavía no están listos? no son señoritas limpiándose el pelo, ¡Vamos muévanse! ¡Rápido!

Todos obedecieron sin objetar nada, la sociedad teotihuacana era muy estricta, pero también era muy consciente de los derechos y obligaciones, el respeto a los mayores sin cuestionar las ordenes, era lo más común entre los niños y jóvenes.

Desde niños todos los ciudadanos tenían conciencia cívica, eran puntuales, ordenados y pulcros, a veces se bañaban en dos o más ocasiones durante el día, eran metódicos y sus obligaciones formaban parte importante de su conciencia, del cosmos en sí y de la espiritualidad, la sociedad inculcaba a sus jóvenes, que el orden de las cosas se regía por el tiempo, por lo tanto las personas más ancianas eran las más sabias, porque eran las que más tiempo acumulaban.

Raros eran los desobligados, perezosos, ladrones o malandrines, aunque sí los había, pero duraban poco en la comunidad porque, o eran cambiados como esclavos o eran mandados en las tropas, donde por lo general no regresaban de un combate. Porque ni siquiera servían como para sacrificarlos a los Dioses, ¡Qué ironía!

En otro edificio, **Xolox** se encontraba despierto, desde antes que los centinelas emitieran su alarma. También pensaba en la hermosa **Quetzalli,** sabía que era hija del emperador **Tecalco,** pero eso no le ponía barreras a sus deseos, su padre era también general de alto rango, conocido y respetado por su fiereza en combate, y por el linaje de su familia, **Xolox,** soñaba con darle más brillo a su familia, sabía, y estaba seguro, que llegaría más lejos que cualquiera de ellos, lograría más hazañas que todos juntos, y todo el mundo hablaría de él, como el mejor guerrero de todos los tiempos. A veces pensaba que todo lo hacía por la princesa, o por ganarle y demostrarle a **Acozac,** quién era el mejor, pero la gloria de ganar era un néctar delicioso, y lo compartiría con ella, esa era su gran ilusión.

Maldecía la hora en que le presentó a su amigo a la princesa, sin embargo la amistad entre ellos era más fuerte que la rivalidad, sonreía cuando recordaba sus triunfos y ensombrecía su rostro, cuando recordaba cómo **Acozac** lo había hecho morder el polvo, pero la belleza de la princesa lo hacía sonreír más, recordaba sus enormes pestañas cuando lo miraban fijamente, el piso se reblandecía bajo sus pies y toda la compostura de caballero águila, para la que tanto estudiaba se resquebrajaba ante la mirada de una mujer, pero ¡Qué mujer! abrió sus brazos como un águila cuando levanta el vuelo, de pronto un sonido fuerte de los caracoles lo hizo caer al suelo.

Sus compañeros rieron estridentemente al verlo caer, habían tocado la alarma matutina, él trato de mantener la compostura ruborizado.

—Tranquilo **Xolox**—. Le dijo uno de los capitanes de grupo—, pronto volaras, pero por lo pronto apúrate o llegaras tarde.

Todos sus compañeros sonreían disimuladamente, nadie se atrevía a reírse completamente, sabían de su mal humor cuando algo no le salía bien, o cuando como en aquel momento mostraba algo de debilidad, de hecho su apodo era algo así como "el águila de piedra", por lo frío de carácter.

Xolox suspiró profundo al encaminarse con sus compañeros al templo, sabía que llegaría alto pero no sabía si sería suficiente para alcanzar a su amada **Quetzalli**, bueno, los Dioses lo dirían, con una mirada fría acalló los últimos murmullos, la procesión hacia la ceremonia se tornó solemne.

4 El nacimiento de un guerrero

La ceremonia de aceptación era el primer peldaño, para subir a la pirámide en la jerarquía de los caballeros, los sacerdotes seleccionaban a los jóvenes más ágiles, a los más fuertes, a los más inteligentes, resultaba obvio que no había recomendados, bastaba verlos físicamente para darse cuenta, todos eran altos, delgados y atléticos, todos con el orgullo de la juventud y las ansias de comerse el mundo, la mayoría pertenecía a las familias de los grandes señores de la ciudad.

Aunque cada día era más difícil la tarea, porque todos los que ahí llegaban reunían con creces los requisitos, sin embargo, el juego de pelota era una buena regla de tasar, ya que el ingrediente llamado suerte, y uno más difícil pero más efectivo, llamado habilidad, daban siempre un ganador y un perdedor, además de la destreza, se ponía en manifiesto la voluntad de ganar, el deseo de ser vencedor, pero sobre todo la pasión de derrotar al enemigo, porque una cosa era la suerte, pero el llevar al límite al contrario, hasta hacerlo desfallecer y ocasionar que falle, era lo que se pedía a los grandes guerreros.

Aquella ocasión era especial, todos los grandes señores estaban reunidos ahí, desde el mismísimo emperador, hasta los grandes señores de los reinos cercanos. **Itzcóatl** el sumo sacerdote, presidía como siempre la ceremonia, mucho más bajito que todos los guerreros que lo rodeaban, se esforzaba en hacer más teatral su paso, intentando parecer poderoso y fuerte, pero no lo lograba, se veía más cómico, y eso relajaba el ánimo de los nuevos guerreros. Eran constantes las burlas entre los estudiantes, sobre la estatura del sumo sacerdote, se decía, que jamás estaba a la altura de las circunstancias. Aunque más de uno habían recibido castigos ejemplares, las burlas no terminaban.

Esta era la solemne ceremonia, sin embargo todavía faltaba lo mejor, el torneo de pelota, al final de cada ciclo, se decía que los nuevos guerreros estaban listos para enfrentar grandes retos, es por eso que se realizaban los juegos de pelota, sabedores de esta circunstancia, muchos guerreros de varios reinos vecinos, venían por el solo hecho, de probarse con los jóvenes salidos del **Calmécac**.

Era por eso que los juegos tenían un simbolismo casi religioso, pero sobre todo militar, se decía que los mismos Dioses dejaban sus ocupaciones, para no perderse un buen juego de pelota, donde lo importante no era ganar, sino hacer perder al contrario. Era rudo y fuerte, lleno de reglas y apegado a las tradiciones religiosas, sin embargo era tan vertiginoso, que embriagaba la vista, los jugadores vencieran o no a su adversario, de todas maneras tenían que ser atendidos por los curanderos, no era un deporte difícil, ya que desde niños lo jugaban, pero sí requería fuerza, agilidad y sobre todo inteligencia.

La ceremonia continuaba con todo y la comicidad del sumo sacerdote. El olor a copal impregnaba todo el salón, el humo y la tenue atmosfera mareaban los sentidos, esto le daba un aire de espiritualidad al recinto, un misticismo que lograban los sacerdotes, para acentuar su intercesión con los Dioses, bueno aunque no se esmeraran mucho con eso, la atmosfera de divinidad era increíble, se erizaba toda la piel, escalofríos recorrían el cuerpo de los presentes.

Los muros pintados con figuras de Dioses o de guerreros en sus legendarias batallas, estimulaban también visualmente ese paso a la espiritualidad, a la grandeza que se necesitaba en esos momentos. Hileras de jóvenes nerviosos, esperaban el turno de ser ungidos, para las pruebas de resistencia y agilidad, ser los próximos caballeros jaguar y los caballeros águila. Los sacerdotes también se reían de ellos en algunas ocasiones, al verlos tratar de pasar ecuánimes, cuando en realidad estaban nerviosísimos, pero la mayoría se recuperaba rápidamente, haciendo relucir la madera de la que estaban hechos.

Acozac y **Xolox** lograron mirarse entre las hileras de compañeros, llevaban varias horas esperando, sin embargo, por la emoción no se sentían cansados, sonrieron ligeramente para saludarse. La larga capa de **Itzcóatl** el sumo sacerdote, le hacía avanzar torpemente, por eso, un asistente constantemente tenía que levantársela un poco al caminar, lo cual, le daba más un aire de comicidad a la situación, en medio de la solemnidad.

Contrastaba el silencio espectral dentro del templo, después de levantarse, los estudiantes habían tomado un ligero desayuno, se habían vestido con las ropas ceremoniales, y fueron llevados a ese recinto en grupos de veinte, más tarde comenzaron la ceremonia, haciendo una procesión por la ciudad, era una tradición que se remontaba desde tiempos ancestrales.

A su paso toda la gente los vitoreaba, ellos comenzaban a sentirse orgullosos y sonreían, aunque trataban de no demostrarlo, al principio salieron solos, pero ya cuando llegaban a su destino, los acompañaba tal cantidad de gente, que era difícil avanzar, pero esto era previsible, porque siempre pasaba en esas épocas, los niños pequeños los rodeaban y los acompañaban por todo el camino, **Acozac** sonreía al recordar que él, en su niñez había hecho lo mismo.

La procesión en si era un espectáculo maravilloso, daban una vuelta completa a la calzada, desde la pirámide de la luna hasta la pirámide del sol, pasando por el palacio de **Quetzalpapálotl**, hasta llegar al recinto de los caballeros, ahí eran esperados por los sacerdotes, quienes los ungían con aceite ceremonial, yerbas aromáticas y espesas nubes de ocote y copal, tal cantidad de olores embriagaba todos sus sentidos.

Entraban a la cámara secreta circular, donde permanecían recostados con la cabeza hacia abajo durante largo tiempo, hasta que los músculos se les entumecían por la humedad. El frío les calaba hasta los huesos, sin embargo, esta prueba era la más fácil por la que habían pasado en las últimas semanas, de hecho, desde que fueron elegidos para la unción, las pruebas que les ponían eran agobiantes y extenuantes, pero no se quejaban, porque fueron preparados para ello.

En los días anteriores a este, varios de sus compañeros habían renunciado, o simplemente los sacerdotes los separaban, y no era algo indigno, tal vez desempeñarían mejores funciones en otras actividades, y no serían caballeros mediocres o débiles.

El frío, el humo y los sonidos ceremoniales comenzaron a tener efecto en ellos, casi en un estado de inconsciencia, comenzaban a platicar con los Dioses, el encuentro era fantástico, muchos de ellos lloraban, o estoicamente deliraban en las penumbras, otros se paraban y deambulaban en el recinto con los ojos perdidos en la umbral de lo divino, poco a poco, cada uno de ellos encontraba su deidad y su espíritu era liberado, e inmediatamente ascendían al plano de los dioses guerreros, ayudados por los sacerdotes en los momentos del clímax apoteósico, eran trasladados a otra habitación, donde eran sumergidos en agua cristalina, traída de los **Cenotes** sagrados de la tierras del **Mayab**.

Cuando reaccionaban, la mayoría no tenía palabras para describir lo que sentían, o lo que vivieron en el recinto sagrado, ¡Habían nacido como guerreros! cada quien tenía su punto de vista, cada uno sentía diferente ese encuentro. Muchos describían sombras siniestras que los perseguían, otros recordaban haber visto una luz maravillosa que les daba paz y alegría, había quienes describían al poderoso **Tláloc** en su trono relampagueante.

Varios caballeros águila y jaguar, los observaban desde lo alto del recinto, muchos de ellos eran escogidos para los distintos grupos de guerreros, era un honor supremo, era la culminación de todos sus estudios, en ese momento ya se sentían igual que los grandes guerreros, el ambiente era maravilloso ¡Nacían nuevos guerreros!

5 Tianguis bullicioso

En lo más alto de los templos, humeaban los altares con las ofrendas, las cuales podían ser flores, animales o humanos, majestuosas construcciones que empequeñecían el corazón, recintos de lo sagrado, que acercaban a los hombres con los dioses, que nublaban la razón y el entendimiento, porque se comparaba lo grandioso de la creación, con la insignificancia y fragilidad del ser humano, los guardias, solo observaban sin permitir que nadie subiera a ellos

Afuera en los tianguis, el bullicio era ensordecedor, todos gritaban tratando de ofrecer sus productos, otros negociaban el precio de los mismos, uno podía encontrar cualquier cosa que se imaginara, y hasta lo que no se pudiera imaginar, aves de preciosos colores, utilizadas para los penachos de las ceremonias, cacao de las tierras bajas, chiles de cientos de formas, colores, pero sobre todo grado de picante, los cuales por cierto, era la mercancía más apreciada.

Lo mismo se vendía desde animales, hasta piedras preciosas, cerámica y barro artesanal, ropa y comida, o utensilios para las diferentes actividades, frutas exóticas o animales salvajes, que no se conocían en la región de la meseta.

Los danzantes venidos de tierras lejanas, ataviados con sus mejores galas, presentaban increíbles danzas, mezclas de valentía y fervor, muchas veces hipnotizaban a su público al punto de unirlos a su ritual. La más vista era la danza del fuego, donde uno o varios del grupo, pasaban sus pies muy cerca del fuego sin quemarse, el sonido de los cascabeles, mezclado con los tambores, las flautas y los caracoles, generaba un ritmo que hechizaba y ponía en trance no solo al danzante, sino a todo el que presenciara el espectáculo.

Muchas de las danzas presentadas, eran propias de sus lugares de origen, así que los atuendos y los pasos rítmicos, eran espectaculares para mucha gente de la región que no los conocían.

Pero el espectáculo más grande y que dejaba a todos boquiabiertos, era la ceremonia de la agonía de los hombres-pájaro o la danza de los voladores. ¡Y cómo no! si tan solo el palo en el cual se subían era muy grande y delgado, mucha gente pensaba que se no resistiría, que se quebraría con el peso de los cinco danzantes ahí arriba. La gente contenía el aliento cuando, cuatro de ellos se recostaban para atrás en su propio peso y por un instante, parecía como que flotaran en el aire. Posteriormente poco a poco comenzaban a caer, luego, el que se quedaba en la parte de arriba, bailaba en un pequeño cuadro, entonando la flauta ceremonial, bailando, saltando y tocando al mismo tiempo en febril trance.

El equilibrio que tenían todos era algo fascinante, pero lo más increíble y que causaba admiración, era el que se quedaba hasta arriba en la punta, danzando, dando vueltas, tocando su flauta y tamborcillo al mismo tiempo. Y aunque para muchos que lo practicaban, decían que era un deporte, lo cierto era, que se trataba de una ceremonia, rígida y con reglas, por los códigos y directrices que debían seguir, debido a que, lo que realizaban era algo místico, los voladores debían dar trece vueltas exactas cada uno, el resultado generaba el número cincuenta y dos, que es el ciclo de **Xiuhmolpilli**, donde se regían buenas lluvias y mejores cosechas, pero el pueblo los admiraba, por el simple hecho del espectáculo que generaban, todos quedaban impresionados cuando terminaban y aplaudían felizmente a los ejecutantes, ellos sonreían felices también y con rostros como de **xictomatl** rojo, pero satisfechos de lograr tan maravillosa hazaña.

En el tianguis el bullicio continuaba y la algarabía era enorme, los chiquillos jugaban y corrían de un lado a otro felices. No faltaban las yerbas, que también las había por miles, y que se dividían para comer o para medicina, aunque casi era lo mismo, cuando un curandero decía que alguna planta era muy buena para tal o cual enfermedad, más de una mujer, sabía hacer sabrosos guisos con la misma planta y claro, aunque no con menos representantes, había flores de ornato, de bellísimas formas y colores, eran muy apreciadas las plantas de lugares remotos, tanto por el colorido, como por lo exótico, y aunque a veces no duraban mucho tiempo, por las diferencias climáticas, de todas maneras muchísimas personas las compraban.

Los aromas se mezclaban en chispazos, que se pegaban en la nariz, por las miles de mercancías que estaban en tránsito, y sobre todo, por la cantidad de gente, que llegaban de todos los rincones del mundo, desde los inhóspitos desiertos del norte, como también de las selvas inaccesibles y místicas de las regiones del **Mayab**.

Causaban admiración las aves exóticas y de vivos colores, traídas desde regiones como **Kaminaijuyu**, también eran apreciadas las piezas de orfebrería de las ciudades del sur. Aunque muchos decían venir de las regiones donde acaba el **Anáhuac,** lo cual muchos dudaban, pero al mirar las mercancías que llegaban a vender, sus costumbres, sus rostros o vestimentas, se despejaban esas dudas, hablaban del límite como **Nic-Anáhuac**, el lugar donde terminaba el jardín de los Dioses.

El tianguis era un lugar muy cosmopolita, gente con diferentes costumbres y atavíos, eran vistas como cualquier persona, esa era una debilidad o fractura que se veía en la sociedad teotihuacana, porque mucha de esta gente se quedaba a vivir en la ciudad, por tanto, el número de habitantes, se incrementaba en cantidades peligrosas, y es que ni el calor, ni la lluvia, ni el frio, ni el cansancio, había logrado detener a los viajeros, hasta que llegaban a la ciudad más mística, de todo el mundo conocido, así como tampoco lograban apaciguar, el sonido ensordecedor del Tianguis, solo un suceso podía trastornar aquella verbena, y ocurrió justo en ese momento.

Porque de pronto todos callaron, solo un suave murmullo quedaba en la atmósfera, un grupo de Caballeros Águila emergía del templo del sol, de figura alta y poderosa que se recortaban contra el azul del cielo, sus capas ondeaban con el viento, sus poderosos brazos empuñaban un mazo llamado **Macuahuitl,** incrustado de filosas obsidianas y un **Chimalli,** o escudo, adornado con sus victorias o el linaje de su familia, ataviados con accesorios de alta ceremonia, que realzaban más su estatura, lograban impresionar e intimidar a toda la gente.

Bajaron poco a poco los peldaños con majestuosidad, en perfecta verticalidad, aunque los pocos que han subido hasta la punta de la pirámide, saben que es tarea extremadamente difícil, además de que subirla o bajarla completamente erguido, es casi imposible. Sin embargo para ellos no era difícil, su vista dominante sobre el horizonte, les daba un cierto aire de autoridad y supremacía. En ningún momento del descenso, bajaron la mirada a los escalones, toda la gente los observaban maravillados, Al pasar entre la multitud, la gente se inclinaba o se hacían a un lado.

Su sola presencia, imponía respeto y admiración, eran altos y fuertes, poderosos, el tono de su piel era color canela brillante, los niños los veían con admiración, las mujeres con devoción y los hombres con respeto, su mirada imponía, ya que nadie lograba mantenerles la vista directamente a los ojos, las plumas de maravillosos colores de sus **Quetzalapanecáyotl** o tocados, lograba que se vieran más altos y poderosos, sus armas engalanadas con vivos colores, resaltaban en sus poderosos y fuertes brazos.

En aquella ocasión, se encontraban ataviados con el traje de ceremonia, debido a que un grupo de nuevos estudiantes del **Calmécac** se graduaba. El colorido del plumaje maravilloso que adornaba su cabeza, realmente narraba sus hazañas y los lugares donde habían logrado tan precioso botín, así como los adornos y marcas de sus espadas y escudos. Su capa no lograba ocultar su poderoso cuerpo, su espada de obsidiana y jade deslumbraba con el reflejo del sol, su rostro era serio y sin emociones, uno de ellos hizo un ademán de saludo a la gente y siguieron su camino, atravesaron el bullicioso mercado, continuaron por la calzada grande, llamada de los muertos, entraron al templo, donde se llevaba a cabo la selección de los nuevos caballeros, el bullicio, regresó incontrolable ensordecedor y más fuerte que antes, todos volvieron a sus actividades de comercio.

24

6 Un obscuro sacerdote

Itzcóatl el sumo sacerdote, ostentaba ya el grado de **Quetzalcóatl Tláloc Tlamacazque**, título que lo representaba, como el supremo sacerdote de todo el imperio, solo un escaño abajo del emperador **Tecalco.**

También tenía el título de **Teohuatzin,** por lo cual ejercía el máximo poder en el **Calmécac,** llevaba ya varios años presidiendo las ceremonias, era el brazo derecho del emperador y por tanto, tenía mucho poder, constantemente se enfrentaba al Concejo de Sabios, que asesoraba al emperador, bueno realmente, había sido el brazo derecho de muchos emperadores y eso le corroía el alma, siempre él era el segundo pensaba, ¡Siempre el segundo! Rabiaba solo al recordarlo, la boca se le secaba del odio.

Desde pequeño fue enfermizo, debido a esto, no llegó a tener una buena estatura, ya que no creció como los demás niños, por eso era objeto de burlas, pero lo más horrible, fue cuando, le confió a sus amigos que sería un gran guerrero y que llegaría a ser emperador, todos se morían de la risa, lo cual recordaba con dolor. Uno de ellos era **Tecalco** su propio primo. Cuanto lo odiaba desde esa época. Tuvo la fortuna de ser aceptado en el **Calmécac,** no por sus dotes físicas, más bien por su excelente memoria, la cual hacía, que se aprendiera muchos ritos y ceremonias, por lo tanto, era siempre escogido para ayudar con los sacerdotes, obviamente su desempeño fue mejorando con el tiempo, ya no oía burlas a su alrededor, pero el odio comenzó a corroer su alma, porque ahora quería que todo mundo, pagara las burlas de que había sido objeto, ahora despreciaba a todos, era cruel, rencoroso y vengativo.

Al morir el sumo sacerdote **Necucyaotl,** el más indicado para suplirlo era **Itzcóatl,** ya que, durante los últimos años de vida de **Necucyaotl,** fue su ayudante preferido, esto debido a que **Itzcóatl,** zalamero y adulador como siempre, estaba dispuesto a todo lo que necesitara el viejo achacoso, como él decía. Desde que había trazado su ruta de ascenso al poder, supo estar en el momento adecuado y en el lugar preciso. Por tanto, el gran sacerdote lo escogió como su segundo, transmitiéndole toda su sabiduría, y aunque nunca nadie preguntó, las extrañas causas de la muerte del gran sacerdote. **Itzcóatl** llegó a ser sumo sacerdote muy joven, de hecho no se tenía registro de que alguien tan joven ocupara ese cargo.

Desde entonces nadie logró quitarlo de ahí, varios emperadores pasaron en el cargo, a todos los ungió como príncipes y a muchos de ellos los embalsamo cuando murieron, mucha gente se extrañaba, de ver morir a emperadores guerreros, varios de ellos jóvenes, los cuales no duraban mucho tiempo en el cargo, y aunque mucha gente especulaba su secreto, solo él realmente lo conocía, sonrió al recordarlo.

Obviamente, solo presidía las ceremonias más grandes, las tediosas o de menor importancia o rango, se las dejaba a sus sacerdotes de menor jerarquía, los cuales estaban siempre a su servicio, lambiscones, zalameros y aduladores, como él.

Pero su poder se veía disminuido en las épocas de paz y prosperidad, como en la que se vivía actualmente, ya que, no eran tan requeridos sus servicios.

Por lo tanto, añoraba los días difíciles, o cuando la ciudad estaba en peligro, porque su poder se acrecentaba, cuando la situación era peligrosa, todo mundo acudía a él, hasta los estúpidos del concejo. Pensaba en cuántas ocasiones, el concejo y casi todo el pueblo, le pedían a él que intercediera con los Dioses, lograra que mejoraran las cosechas, desaparecieran las enfermedades, o destruyeran a sus enemigos, eran listas interminables de pedimentos, por tanto, también era grande la fila de personas que necesitaban de sus favores, pero lo más importante, eran los diezmos o el pago que daban por los favores recibidos. Aunque para los casos menores, tenía sacerdotes de menor rango, que se encargaban de las cosas simples, o los casos en que las personas eran muy pobres.

Y él solo se encargaba de los casos difíciles, o los que daban las mejores limosnas para su causa, su avaricia no tenía limite.

La sociedad en su totalidad, estaba inmersa en esas creencias antiguas, por lo tanto cualquier movimiento en los templos, regía el comportamiento en todos los ámbitos sociales, era un poder oculto, del cual todos se daban cuenta, pero las tradiciones eran de tal fuerza, que resultaba imposible pensar, que a alguien no le importaran, "las limpias", "las curaciones", "los conjuros", "las bendiciones de las tierras" para que dieran buena cosecha. Nadie sembraba, si el **Nahual** o un sacerdote no lo decía.

Y era tal la fuerza de sus palabras y la creencia de la gente, que cuando llegaban a desobedecerlos, pues simplemente, la cosecha no resultaba bien, o algún castigo de la naturaleza la destruía.

Eso acrecentaba más su fama y su poder, pero la gente era injusta, según él, porque cuando no lo necesitaban para que intercediera con los Dioses, simplemente lo olvidaban. Eso lo desquiciaba, eso significaba, que olvidaban a los mismos Dioses, bueno, a él solo le importaban los diezmos y mientras más abundantes fueran, era mejor.

Claro que todos coincidían, que la intercesión de los Dioses, regía todas las cosas y la vida misma, era su forma de ser y vivir.

Era pues la fuerza y poder que tenía **Itzcóatl** el sumo sacerdote. Cualquier persona estaría satisfecha de esos logros, pero, ¡No para él!

Miraba envidioso, los aposentos del emperador **Tecalco**, muchas veces se hacia la misma pregunta, ¿Qué le envidiaba a su primo?, no podía ser oro, ni plata, ni piedras preciosas, ni riquezas, porque el mismo **Itzcóatl**, tenía tal vez más de lo que jamás hubiera soñado, ¿Doncellas?, ¿Poder?, él tenía muchísimo, de hecho en muchas ocasiones, había doblegado la voluntad de su primo el emperador.

¿Qué era lo que realmente le atormentaba? ¡Él era **Itzcóatl** el sumo sacerdote! y con mucho, el que más tiempo había llevado ese cargo. De hecho nadie había logrado ocupar ese puesto tanto tiempo, pero porqué lo invadía esa sensación de vacío, de soledad y frío, era como un manto gris obscuro que atormentaba a su alma, y no lograba quitársela de encima, no lograba ser feliz, y si él no lo era, no dejaría que sus enemigos lo fueran.

En lo más recóndito de su ser, él sabía la respuesta de porqué odiaba tanto al emperador, pero no se atrevía a reconocerlo, el aura mágica del emperador lo opacaba, pero él, **Itzcóatl,** sabía realmente lo que pasaba, solo pensaba agazapado, soñando con asestar el golpe final que lo haría triunfar realmente.

Tenía un plan que había elaborado desde mucho tiempo atrás, solo que los tiempos nunca fueron los adecuados, pero quizás esta vez sí lo lograría, todavía tenía mucho que hacer, que pulir en su plan, pero tal vez con un poco de suerte. "Con un poco de suerte" pensaba.

Épocas gloriosas se asomaban para él, los designios de los Dioses no podían equivocarse, se reconfortó con una risita sórdida, la noche, había caído en el valle donde los Dioses caminan, se extendía como una mancha obscura, que apesadumbraba y entristecía el alma, malos presagios se asomaban en el horizonte para **Teotihuacán**...

7 La doncella de los reinos de los cinco lagos.

Quien decía que la vida de las princesas era fácil, se equivocaba, o de plano no sabía nada de la vida, ¡Nada más falso! y fuera de la realidad, era bastante cansada y ardua, pero sobre todo aburrida, fastidiosa. Así lo pensaba **Quetzalli**, quien llevaba más de cinco horas ensayando la ceremonia del maíz, la cual por cierto era de las más fáciles, aparte de todas las labores propias, que una mujer debía saber, por ser princesa, debía ayudar en las ceremonias oficiales, callada y sin objetar nada.

Quetzalli era la más bella de todas las mujeres en el valle, su dulce caminar y sus ojos negros como la noche, arrancaban suspiros de amor a cualquiera que pudiera aguantarle la mirada, su cuerpo era un poema de perfección, sus pechos grandes y firmes, rivalizaban solo con sus caderas, en llamar la atención. Todo el mundo quedaba sin aliento cuando sus largas pestañas aleteaban y su sonrisa blanca y perlada deslumbraba la vista.

Mucha gente del pueblo le decía cariñosamente "la princesita de los cinco reinos", porque todos los gobernantes de los reinos vecinos, habían pedido su mano para desposarla, a lo cual, ella se había negado rotundamente.

Pero cualquiera que se dejara seducir por su belleza y su encanto, sabía que esta mujer, lograba desquiciar a la gente en el sentido literal, era en cierta forma rebelde, indomable e independiente, preguntaba cosas que ninguna mujer en siglos había preguntado, se rebelaba de los esquemas propios de una mujer teotihuacana, peor aún de una princesa. Pero para todos era bien sabido, que era la consentida del emperador **Tecalco**, su padre, quien no se escapaba de la seducción de su hija y acababa sucumbiendo a sus deseos, caprichos dirían algunos. Pero él le admiraba su determinación, si ella hubiera sido hombre, sería uno de los guerreros más valientes y arrojados de todos los tiempos, pero era bellísima y solía consentirla demasiado.

Aunque debía ser feliz por su belleza, no lo era del todo, su corazón estaba dividido entre dos amores y las exigencias de su linaje era una carga bastante pesada, sobre todo por ser la hija del emperador, ella sabía que debía ser perfecta.

Pero ¡Cómo ser perfecta! si los que te deben enseñar, no están a la altura de las circunstancias, y tienes el deber de respetarlos, porque desde pequeña te han enseñado a hacerlo, esa rebeldía siempre le daba problemas, pero con solo sonreír, desarmaba a cualquiera que quería reprimirla, sus largas pestañas, su labios carmesí, su mirada sensual y evocadora, eran insoportables, nadie lograba resistirse a sus encantos, siempre salía airosa de cualquier regaño.

La misma postura, la misma vuelta, la misma reverencia, los mismos pasos una y otra vez, para volver a repetirlos una vez más, "Qué tedioso" pensaba, mientras suspiraba profundamente, y faltaba lo peor, que era, repetir toda la ceremonia, frente al sumo sacerdote, se estremeció tan solo de pensar en él, le repugnaba su sola presencia, sin embargo era la máxima autoridad en las ceremonias, ¿Por qué aquí no había sacerdotisas, como en los pueblos del sur? había preguntado **Quetzalli** en alguna ocasión.

Horror de horrores, todos quedaron petrificados, las doncellas volvieron nerviosas a sus actividades, la matrona enseñante, solo alcanzó a decirle, llena de cólera.

— ¡Porque esos pueblos no son, ni serán civilizados!

—Pero, ¿Por qué?— volvió a preguntar.

— ¡Silencio! Los Dioses así lo han dicho—. Fue la voz repugnante del sumo sacerdote, la que se oyó con potencia.

Nadie se dio cuenta, que él se encontraba detrás de unas cortinas observando la ceremonia, todos callaron ante su presencia y Quetzalli se puso roja de coraje, el ambiente se puso tenso, pensaban en la reprimenda que vendría, y nadie quería ser alcanzado por las rabietas del sumo sacerdote, su voz chillona rompió el silencio.

— ¿Por qué te esmeras, en estropear nuestras tradiciones?

—Yo solo intentaba—. Logro decir ella, pero él la interrumpió.

— ¡Crees que por ser la hija del emperador! ¿Puedes comportarte de manera tan altanera? Los principios básicos de nuestras creencias, fueron dictados a los sacerdotes por los mismos Dioses, ¿Eso no lo puede comprender tu cabeza?

— ¡Sí! Pero...

Nuevamente fue interrumpida.

—Las leyes supremas de nuestras tradiciones, no pueden ser interpretadas por las mujeres, ¡Lo estropearían todo!—. Dijo con un aura de supremacía.

Todo su sequito asintió como si un Dios hablara, ella no podía contener su coraje, la rabia la hizo estallar.

— ¡Ustedes no son mejores que nosotras!, tal vez algunos hombres tengan más fuerza, o algunos sean más sabios, pero eso no quiere decir que nosotras no pensemos, y que además, seamos tratadas como animales.

La risita sórdida de **Itzcóatl** solo logró que se enojara más, **Quetzalli** continuo.

—También tenemos Diosas que han marcado nuestra herencia y tradiciones, respetamos a la diosa del agua, de los ríos, de los nacimientos y la vida. Y en otras comunidades tienen templos para las Diosas, con sus propias sacerdotisas que tienen comunicación con ellas.

Esta vez la risita de **Itzcóatl** se fue transformando en una mueca agria y llena de odio, y pensando que una discusión así, no convenía en estos momentos, dijo.

— ¡Cállate! Únicamente porque eres hija del emperador no te castigo como debiera, las leyes son como son y nuestras tradiciones así lo marcan.

Cuando todos pensaban que la furia de **Itzcóatl** los alcanzaría, la voz del emperador **Tecalco,** padre de **Quetzalli,** salvo la situación en aquella ocasión, para todos los que se encontraban ahí, incluidos los sacerdotes de menor grado. Gracias a que, el emperador había decidido pasar, a saludar a su hermosa hija, y checar los preparativos de la ceremonia de la Diosa del maíz.

—Sin embargo podría ser —fueron las palabras del emperador **Tecalco** con voz grave y fuerte—. Recuerda **Itzcóatl** que el concejo de sabios ya sesiono sobre ese asunto, el de promover a sacerdotisas, dentro de la jerarquía.

— ¡Pero no se aprobó! —dijo **Itzcóatl** desdeñoso.

—No, pero pudiera ser —. Contesto el emperador, mirando dulcemente a su hija.

— ¡Jamás!, mientras yo sea sumo sacerdote, solo sobre mi cadáver.

—Es tu decisión, pero el concejo de sabios aprueba en su mayoría esta opción.

Itzcóatl ya no dijo nada, en aquella ocasión se retiró furioso, lo cual, fue motivo de alegría de las doncellas, que dieron por terminados los ensayos, inclusive los sacerdotes de **Itzcóatl** se fueron a descansar, con la mirada **Quetzalli** agradeció tiernamente la intervención de su padre.

Algunas otras ocasiones, recibía reprimendas por su forma de ser, tal vez demasiado alegre dirían algunos, o tal vez era demasiado distraída, aunque para la mayoría de los sacerdotes y maestros, era bastante desobediente y soberbia, pero ella era feliz, amaba la vida, le gustaban las flores y los cantos de los pájaros, siempre tenía muchas preguntas, siempre cuestionaba sobre todo en las largas ceremonias como esta, que le aburrían sobremanera.

Ojalá y su padre apareciera otra vez por ahí, para salvarla de la rutina. Su amiga **Zeltzin** le hacía señas a lo lejos, pero disimuladas, sonrió para sus adentros, suspiró siguiendo el mismo tedio y la misma rutina, una vez más para variar.

Como pudo, logró quedar cerca de **Zeltzin**, era su mejor amiga, desde niñas habían convivido juntas, **Zeltzin** también era muy hermosa, pero más bajita que ella, aunque sus personalidades eran completamente distintas, su amiga obedecía todo al pie de la letra, sin chistar, tenía miedo de estropear todo, siempre pedía disculpas antes de actuar, varios sacerdotes la hacían llorar con sus reprimendas, siempre había sido así, **Quetzalli** se burlaba de ella diciéndole.

—Caray, si te dicen que te avientes de la pirámide más alta lo harías sin decir palabra.

— ¿Y tú no? Por favor —dijo **Zeltzin**.

—Bueno yo lo haría solo por amor.

—Vamos, el amor no existe, solo es un sueño, y una ilusión.

—Sí, un sueño maravilloso, del cual no quieres despertar.

Quetzalli con ojos de ensoñación se perdió en sus pensamientos, tanto que se salió de la línea de la ceremonia, chocó con otras doncellas y estas a su vez con otras más, formándose una cadena de tropiezos, dando por resultado un desbarajuste tremendo, muchas gritaron en ese momento espantadas, pero la mayoría se moría de risa.

Risas y bullicio se mezclaban con la cólera y gritos desencajados de los sacerdotes, entre esos gritos y risas, el poderoso Dios sol se fue ocultando en el horizonte, sonriendo, divertido también.

8 Juegos de pelota

Los juegos de pelota, reunían gente de todos los rincones de la tierra conocida, eran muy apreciados, tanto por príncipes y grandes señores, como por las personas del pueblo. Aunque en la ciudad de Teotihuacán propiamente, no existían campos de juegos de pelota, debido a que los torneos, no eran tan continuos y el espacio de las plazas, estaba dedicado a otras actividades, a todos sorprendía el esfuerzo realizado por los artesanos, quienes en poco tiempo, lograban crear las canchas portátiles, para llevar a cabo el torneo, al final del cual, los espacios quedaban como antes.

Se realizaban cada cierto tiempo, según los **Xiuhpohualli**, o cuenta de los años y acudían muchísimas personalidades, desde príncipes del sur, de las selvas espesas del **Mayab**, hasta ilustres personajes de las tierras altas y de las tierras áridas.

Señores principales de las regiones **Olmecas y Mixtecas**, caravanas procedentes de las misteriosas tierras de **Yucu-cui**, guerreros originarios de las ciudades de **Zaachila**, **Yagul,** y de las regiones de **Tehuantepec**, quienes eran excesivamente valientes.

En los últimos torneos, no faltaban por supuesto, los fieros guerreros de los reinos de los cinco lagos, **Xochimilco, Zumpango, Chalco, Xaltocan y Texcoco**, los cuales querían hacerse de un nombre propio y legendario.

Llegaban en grandes caravanas, se asentaban cerca de la ciudad, eran como pequeños pueblos nómadas, cargados con todo lo que los señores principales necesitaban, sirvientes, utensilios y mercancías, muchos de ellos, aprovechaban el viaje para comerciar sus productos y llevar hasta sus tierras, artículos que necesitaban, el trueque era el principal arreglo en el comercio, el bullicio era ensordecedor.

Las procesiones de los grandes señores pidiendo audiencia con el emperador, era cosa de todos los días en la metrópoli, él muy amablemente les daba respuesta a todos, muchos de ellos le regalaban plumas de vivos colores de aves fabulosas, orfebrería de artesanos remotos, o maderas de olores exquisitos, claro que el emperador también alagaba a sus visitantes por igual, obsequiándoles productos nativos y artesanías de la región, todos le expresaban su admiración por la bellísima ciudad que les abría sus puertas, quedaban fascinados por la cantidad de gente que la poblaba.

El tema recurrente eran los juegos, todos los contingentes, tenían participantes de sus lugares de origen, y querían medir fuerzas con los nuevos guerreros, graduados del **Calmécac** de **Teotihuacán**, el emperador sonriente, decía tener sus preferidos, pero los visitantes tenían buenos elementos, de hecho en varias ocasiones, guerreros que venían de lugares remotos, se quedaban con el título principal.

La época de los juegos de pelota era en los meses más calurosos, por lo tanto solo los más fuertes llegaban a la gran final, se necesitaba aparte de fuerza y agilidad, inteligencia y suerte, por eso los maestros del **Calmécac** eran los jueces y árbitros, lo que les daba una posición de preferencia, para catalogar a sus alumnos. Muchos de los cuales llegarían a ser perfectos caballeros, solo si demostraban agilidad y fuerza en los juegos, aparte de inteligencia para derrotar al enemigo, la ceremonia de asignación era extremadamente sencilla, a diferencia de los elaborados rituales sacerdotales, aquí muchos partidos estaban arreglados desde antes, es decir, a veces solo se enfrentaban familias o reinos rivales, a los que no les interesaba enfrentarse a otros contendientes.

En otras ocasiones, el juego se debía a la disputa de algún reino, pero el enfrentamiento entre las escuelas de sacerdotes, era el que más llamaba la atención, porque ahí era donde se enfrentaban los más fuertes y poderosos alumnos de diferentes latitudes, el último ganador y poseedor del título, era **Balam,** un príncipe de los reinos del **Mayab,** pero ya no derrochaba el mismo ímpetu que en otros torneos, donde había sido invencible, eso alentaba y hacia soñar a más de un guerrero joven.

Los campos de juego eran grandes, rectangulares, con paredes altas, graderío en las rampas, para que los espectadores pudieran ver desde cualquier ángulo, el griterío era ensordecedor, cada quien tenía su jugador favorito, obviamente los más vitoreados eran los guerreros recién graduados, quienes tenían la simpatía de su público natal, aunque las victorias o méritos de los guerreros extranjeros, hacía que también fueran muy apreciados.

Los lugares de juego estaban abarrotados de gente, todo el pueblo deseaba estar ahí, los niños llegaban siempre a donde se encontraban los competidores, todos los admiraban, eran sus héroes, a veces los ayudaban con sus armas o sus escudos, era un privilegio para ellos y les daba mucho material para platicar con sus amigos.

Pero no todo era por el amor al deporte, las apuestas estaban a la orden del día, mucha gente vivía de eso y obtenían grandes ganancias, cuando los juegos estaban en su apogeo.

Notable auge y prosperidad se veía en la ciudad, primero, llena de gente, que llegaba de todas los rincones del mundo conocido, intercambios interminables de mercancías, donde no se veía nada igual en otra parte, además mucha gente del pueblo, ayudaba a los peregrinos y recibían favores o regalos de éstos, la sociedad en general se enriquecía con las caravanas de personas y mercancías, aunque no todo era bueno, muchas disputas o malentendidos eran cosa de todos los días, en parte por los distintos dialectos de los visitantes, en parte por costumbres y tradiciones, pero eran problemas menores, y siempre había alguien para resolver el problema.

Acozac, el recién ungido caballero jaguar, fue el menos afortunado en el sorteo de adversarios, su primer rival era el todavía campeón del torneo anterior, el príncipe **Balam**, quien no era muy alto, pero sí, muy fuerte, y a pesar de no tener la misma vitalidad de otros años, tenía muchísima experiencia, lo rodeaba ese halo de seguridad de quien ha logrado la victoria. Su presencia era tan soberbia, que sus adversarios nerviosos le rehuían la mirada, pero **Acozac** permaneció inmune, mirándolo fijamente a los ojos, cuando el sacerdote juez les daba las reglas del juego. **Balam** sonrió y miro a **Acozac**, un digno rival a quien deseaba derrotar.

Xolox, el joven guerrero águila, tenía que enfrentarse a un joven valiente del valle de **Cui-Cuilco**, más alto que él, pero menos fuerte, era un contrincante peligroso, por la agilidad que le había visto en los días previos, donde demostraban sus habilidades a la gente. El sonido fuerte del caracol ceremonial, lo saco de sus pensamientos, así inicio el partido.

El saque de **Xolox** fue raso y preciso, su adversario apenas pudo llegar a tiempo al encuentro de la pelota, para poder responderle. **Xolox** volvió a meter en problemas a su adversario con el segundo golpe, tan fuerte fue su contestación que el jugador trastabilló y por poco, se queda estampado en la pared filosa del campo de juego, pero logró contestar en buena forma con golpe certero a la pelota, aunque no lograría hacerle daño, la pelota elevo demasiado su trayectoria, **Xolox** brincó tan alto que, pareció volar más arriba de la cabeza de su adversario, el público gritó al ver el salto increíble y contuvo el aliento, desde esa altura, metió un tiro en picada, que entró en el aro de roca, dando un punto a su causa, todos quedaron sorprendidos de la altura que alcanzó el recién nombrado caballero águila, por un instante, todo quedó en silencio, fue algo increíble, pero cuando la pelota entró en el aro, el estallido de gritos estremeció el campo de juego —Un punto de tres para **Xolox** —, dijo el Sacerdote que actuaba de árbitro, entre gritos.

El joven de **Cui-cuilco** solo meneó la cabeza, tratando de quitarse la imagen voladora de **Xolox,** le sonrió a este, apuntándole con el dedo expresándole su admiración, pero advirtiéndole que no volvería a pasar algo así, **Xolox** sonrió también.

El saque del adversario fue menos potente, pero lo suficiente para exigirle a **Xolox** estirarse lo más posible para alcanzar a contestar, su rival también tenía sus cualidades y de dos pasos gigantescos, alcanzó más altura que **Xolox**, su tiro fue raso y potente, dejando a este sin poder contestar, todos gritaban y reían nerviosos, como siempre la emoción estaba en el límite máximo, el partido no defraudaba las expectativas que había levantado, días antes, cuando las apuestas se comenzaron a gestar, toda la gente reía nerviosa, tratando de ver el futuro, en caso de cualquier resultado.

El punto no contó, porque la pelota no entró en el aro de piedra, colocado en forma vertical del lado de la pared de piedra, pero como **Xolox** no alcanzó a contestar, la ventaja era para el joven de **Cui-Cuilco**, este sonrió burlón a **Xolox**, el cual ya no sonrió, no aceptaba derrota alguna, así que el destino del juego estaba escrito, los Dioses complacidos, miraban desde sus tronos el emocionante juego.

En otro campo, **Acozac** se enfrentaba nada menos, que al ganador del torneo anterior, más fuerte y alto, despreciaba a cualquier contrincante que tuviera enfrente, sin embargo, **Acozac** no se acobardaba, en los torneos del **Calmécac** se encontraba invicto, solo en una ocasión quedó en un empate justo cuando se enfrentó a **Xolox,** en uno de los partidos más emocionantes que se tuviera memoria en la escuela. Y él habría ganado de no ser por la fuerte lluvia que azotó la región.

El sacerdote supervisor del partido le dio el saque a **Balam,** arrogante como siempre no contestó, solo se limitó a acomodarse en el lugar que le correspondía. El saque que propinó fue poderoso, **Acozac** quedó sorprendido con la fuerza, a duras penas pudo contestar, **Balam** retrocedió y con un golpe descomunal insertó la pelota dentro del aro, la gente admirada gritó jubilosa, **Acozac** quedó parado, desconcertado, molesto por no haber previsto eso, pensó que tal vez su contrincante no tenía agilidad suficiente, pero pensó mal, ya que la fuerza que este imprimía en sus tiros era increíble, suspiró fuerte.

Balam alzaba los brazos saboreando el triunfo, la gente enloquecida gritaba su nombre jubilosa, pensaba que sería algo fácil, se concentró en el saque de **Acozac**, no fue tan fuerte pero si muy bien colocado, tanto que **Balam** se estiró al máximo, apenas logrando devolver el saque, **Acozac** devolvió el tiro con tal fuerza, que **Balam** no pudo contestar, sin embargo **Acozac** no realizó la anotación a propósito, se oyó una aclamación fuerte del público, pensaban que **Acozac** no había podido anotar, solo **Balam** sabía que lo había hecho a propósito, quedó admirado de la fuerza que imprimía **Acozac** en sus tiros.

Ambos se miraron retadoramente, después de todo no sería un partido fácil, **Balam** sonrió y **Acozac** le correspondió, el partido generaría mucha emoción, los Dioses se deleitarían enormemente con este torneo.

9 ¿Se puede enamorar una princesa?

Después de un día aburrido y tedioso, las doncellas se reunían en sus aposentos a platicar, el tema en común, eran los grandes y fuertes guerreros que llegaban de lugares remotos, aunque muchas tenían sus preferidos, a cada rato cambiaban, ya que la mayoría de los guerreros salidos del **Calmécac,** eran muy apuestos, fuertes y sobre todo solteros.

— ¿Y qué me dicen de los guerreros que vienen de otras tierras? Más fuertes y maduros —dijo una de las princesas.

Todas suspiraban al unísono, sobre todo cuando alguien mencionaba a alguno en particular, como al príncipe **Balam**, aunque los suspiros cambiaron a lamentos, cuando otra menciono que ya tenía doce esposas, y solo le faltaba una para completar la tradición de los guerreros del **Mayab**, quienes por costumbre debían tener trece esposas, para completar el ciclo de las lluvias.

Y sin embargo la triste realidad era esa, que tal vez ninguno de esos apuestos guerreros fuera para ellas, esto debido a las tradiciones, usos y costumbres de sus pueblos, ya que normalmente las familias o clanes de las princesas, tenían pactados los matrimonios desde, tal vez antes que ellas nacieran y normalmente obedecían a intereses familiares o de grupo, muchas de las doncellas, no conocerían a sus esposos hasta que se casaran con ellos, en la mayoría de las ocasiones, eran viejos o feos y no como los príncipes que adoraban, muchas suspiraban tristemente y solo se lamentaban, pero aceptaban ecuánimes su realidad.

Solo algunas como la princesa **Quetzalli** se revelaban a este hecho, y constantemente les insistía, que si no se querían casar no lo hicieran, pero la mayoría de las veces quedaba frustrada, por el abandono y dejadez de sus amigas, que acababan marchitando su vida, y su juventud en vano. La cruda verdad era, que una princesa no se podía enamorar. Pero como le decía **Zeltzin,** aun así, ellas eran felices a su manera.

Zeltzin era amiga y confidente de la princesa, y sabía desde hacía mucho tiempo, a quien le pertenecía el corazón de su amiga.

—Ojalá y yo tuviera la mitad de suerte que tú —le decía-. Me conformaría con cualquiera de los dos guerreros que se pelean tu amor.

Quetzalli sonrió y amablemente le dijo.

— ¡Vamos tu eres muy hermosa! No creo que no tengas ningún pretendiente. ¿O me equivoco?

—Pues sí —dijo sin mucha emoción—. Pero son tan tontos, además, mi familia ha hecho un pacto para que me case con un digno Señor de **Xochimilco**

Esto lo dijo con un tono de amargura.

— ¡Imagínate! —Continúo **Zeltzin**-. No sé ni quien es, ni como se llama, ni qué edad tiene, caray qué mala suerte, lo peor es que puede ser un viejo sordo y ciego.

—Sería lo mejor para ti, así no tendrías que preocuparte de nada—. Dijo **Quetzalli** en tono de broma.

— ¡Y qué tal que es un chaparro, panzón y borracho tomador de pulque!

—Pues te emborrachas con el ¿Cuál es el problema?

— ¡Qué asco! —le dijo **Zeltzin** horrorizada—. No lo dices en serio, ¿Verdad? Porque soy capaz de destriparte en este mismo instante.

La risa alegre de **Quetzalli** se dejó oír por toda la estancia, pero la realidad era esa, y lo sabía muy bien, su carácter rebelde, le había dado muchos problemas con su padre, el emperador **Tecalco,** pero sabía de antemano que él, le preguntaría cuando el momento llegara de escoger marido para ella, si ella estaría de acuerdo con el príncipe que pidiera su mano, él mismo, se lo había dicho en muchas ocasiones.

Pero ella no se confiaba, en la mayor parte de la sociedad teotihuacana, las circunstancias obligaban a los padres, a pactar matrimonios por conveniencia, pero a **Quetzalli** eso no le importaba, ya había rechazado más peticiones, que todas las doncellas que estaban ahí reunidas y a menudo le daba gracias a los Dioses, de tener un padre tan benevolente.

Así que, todo lo que decía **Zeltzin** era verdad, no todas las doncellas tenían la suerte que ella, de tener un padre bondadoso y afectivo, pero sobre todo prudente y sensato.

— ¿Y por fin me vas a decir quién es el dueño de tu corazón?—. Preguntó **Zeltzin** pícaramente.

— ¡No! — Dijo ella— ¡Qué insistente eres! cuantas veces te tengo que decir, que mi corazón no tiene dueño, solo un pretendiente.

— ¿Pero por qué? —Preguntó indignada **Zeltzin** — ¿Qué no te he demostrado muchísimas veces que soy tu mejor amiga?

— ¡Sí! claro que lo eres, pero no te digo nada, por la sencilla razón que no sabes guardar un secreto.

— ¡Dioses! ¿Crees que sería capaz de algo semejante? —Le dijo **Zeltzin,** roja de enojo.

—Vamos no te enojes —le replico ella—. La situación es muy delicada, mmm, pero te lo diré porque quiero que me hagas un favor.

—Soy toda oídos amiga.

—Sí, ya lo sé —dijo **Quetzalli** —tienes las orejas muy grandototas.

Un almohadazo, la derribó entre risas, las demás doncellas les dijeron que se callaran, que hacían muchísimo ruido, que las castigarían a todas. **Zeltzin** sin decir palabra derribó a la quejosa y cayo de tal manera que las risas de todas fue estridente, en un momento y si saber cómo, la guerra de almohadazos entre las princesas fue campal. Después de un buen rato, agotadas comenzaron a quedarse dormidas.

Solo **Quetzalli** salió a tomar aire, sonrió a su amiga al verla profundamente dormida, el secreto de su amor podría quedar guardado un poco más de tiempo. Pensó en su amado, ya había decidió quien sería el guerrero afortunado. Lo amaba y lo sabía desde hacía mucho tiempo, pero tampoco quería romperle el corazón a su mejor amigo, Dioses, que dilema tan grande, sonreía apesadumbraba, le daba un poco de coraje, ver que ella tenía ese dilema, los guerreros no. Ellos escogían a la esposa que quisieran solo por el hecho de ser hombres, "El mundo debería ser diferente" pensó, pero no, la realidad era apabullante, tal vez algún día, en algún tiempo, en algún lugar, las mujeres tendrían derecho a decidir por ellas mismas, a no ser tratadas como mercancías, a ser igual que los hombres, con los mismos derechos, suspiro entristecida.

Un escalofrío acoso su cuerpo haciéndola estremecerse, afuera, la noche estrellada y fría de **Teotihuacán** no auguraba ningún peligro para las doncellas, pero ella sin embargo presintió que algo malo pasaba, la obscuridad acechaba sigilosa a la ciudad de los Dioses, como presagiando males por venir, los animales nocturnos aumentaron su griterío, espantándola de momento, volvió a meterse al edificio, el ocaso se cernía sobre **Teotihuacán.**

10 Obscuros pensamientos

Itzcóatl era sumo sacerdote del templo mayor, y ostentaba también el título de, **Quetzalcóatl-Tláloc-Tlamacazque**, por el rango mayor que tenía dentro de la cúspide de sacerdotes, recordaba cómo había llegado a este sitio, fue un camino arduo y peligroso, lleno de traición y perjurio, pero sus ojos negros, pequeños y brillantes, no se arrepentían de nada, todos sus trucos valieron la pena. Tal vez ahora, había llegado el momento de apostar a sus máximos sueños. Los signos divinos así lo decían, acariciaba con sus huesudos y prietos dedos, las piedras sagradas que usaba en sus adivinatorios.

Durante largo tiempo, el secreto mejor guardado que tenía el sumo sacerdote era, el deseo de llegar a ser emperador, siempre había sido su sueño más preciado, y su retorcida ambición, sus ojos brillaban como una luz ardiente, cada vez que pensaba en ello, ¿Cómo era posible? que el grupo de los señores principales, el Concejo de Ancianos, no haya visto sus cualidades, se lamentaba, que escogieran a ese mamarracho cobarde, de su primo **Tecalco,**

¡Maldita sea!, se acordaba que por un punto, ¡Pudo haber sido él!, ¡El elegido!, ¡El Emperador!, la rabia invadía todo su ser, al pensar en las grandes batallas que se habían librado, dejando la sensación que el héroe era su primo y no él. ¡Oh ironías de la vida!, ¡Él había planeado todo! Y no había logrado llegar a ser emperador.

En aquella última ocasión, se había sentido sumamente seguro, por fin llegaría a lograr sus sueños, ¡Sería Emperador! Ya había servido a varios de ellos y los había ido eliminando, sagaz y sigilosamente, el camino estaba libre, si no hubiera ocurrido un hecho fortuito y estúpido.

El amañado señor de **Chalco**, se había revelado por los altos impuestos que le imponían, pero realmente él mismo había planeado todo, para que en su momento, él aplastara la revuelta y quedara como héroe.

Pero de la nada, un caballero mediocre, según él, que se encontraba cerca de la zona, decidió ir a hacerle frente a ese problema, con una centena de caballeros jaguar a su cargo, eliminó a un ejército mucho mayor, que los superaba en veinte por uno, pero los grandes guerreros, luchan con más fiereza, cuando están amenazados.

Lo que sucedió fue que, en algún momento, el señor de **Chalco** cobarde como era, pero jefe de aquel numeroso ejército, cayó herido, aunque no de gravedad y como no estaba hecho para la batalla se rindió.

¡Cuas! Así, de pronto, resultando que el caballero águila que había derrotado a ese ejército, era su propio primo **Tecalco**, El cual al regresar a la ciudad de Teotihuacán, fue aclamado como un héroe, envuelto así en esa aura de divinidad.

Al ser la elección del nuevo emperador, el pueblo exigía para este puesto, a ese maravilloso guerrero **Tecalco,** por más que el sumo sacerdote quiso disuadir al concejo de ancianos, estos temían una revuelta por parte del pueblo.

El dolor fue inmenso para él, porque para su perra suerte, así lo decía por un azar del destino, el encargado de coronar al nuevo emperador estaba indispuesto, así que fue el mismo **Itzcóatl,** a quien se le dio la distinción de coronar a su primo como emperador, ¡Qué ironía de la vida!

Pero la ira se convirtió en inmenso odio de muerte, cuando supo que la mujer, que el nuevo emperador dio a conocer para ser su esposa, era una doncella que el sumo sacerdote había escogido para sí mismo, que con amenazas había tratado con el padre de ella, negociándose la boda, y que el padre de la doncella, había deshecho al sentir la protección del nuevo emperador **Tecalco.**

Era la bellísima princesa **Xochiquetzal,** madre de **Quetzalli,** y aunque ella, no llego a enterarse nunca de los acuerdos del sumo sacerdote. Ya que en los pactos para bodas, normalmente las doncellas son las ultimas en enterarse, **Itzcóatl** estaba seguro que impondría su voluntad cuando fuera emperador, y que las leyes pudieran darle lo que tanto deseaba.

¡Sin embargo todo se había perdido!, su trono, la mujer más bella, el poder, todo perdido.

Lo que no sabía, o más bien no quería saber, era que aunque su primo **Tecalco** y la princesa **Xochiquetzal** estaban enamorados desde mucho tiempo atrás, pero mantenían ese amor en secreto de sus clanes respectivos, su amor era puro y verdadero, eso era precisamente lo que más repugnancia le daba a **Itzcóatl**, tan solo de recordarlo sentía un dolor inmenso en la boca del estómago.

Le gritó a sus sirvientes, para que le llevaran un poco de sábila y poder calmar el dolor, él sabía que tomar para aliviarse, no en balde había hecho estudios de yerbas y conjuros. Por supuesto que también, tomaba todas las precauciones posibles, para que no lo envenenaran a él, solo su conciencia negra sabía sus más obscuros secretos.

De nuevo su risita sórdida le ilumino el rostro al recordar, que la dicha del nuevo emperador no había sido mucha, después de dar a luz a la princesa **Quetzalli**, la emperatriz se enfermó, aunque no de gravedad, pero por varios días, él, aprovechando la ocasión y sin que nadie se diera cuenta, la enveneno poco a poco, hasta provocarle la muerte.

Gozó como nunca, en aquella ocasión en la que su primo el emperador, lloraba amargamente la pérdida de su amada. Una sonrisa malévola le iluminó el rostro, era la primera ocasión que él había ganado, aunque nadie lo sabía. Pero pronto llegaría la segunda, los planes se encontraban ya en marcha, si todo salía como lo había previsto, sería fácil matar al emperador y proclamarse él mismo emperador y auto coronarse.

Sin sentirlo, caminaba ya en solemne procesión hacia el altar de **Quetzalcóatl**, al mismo tiempo corría y tomaba el papel de sacerdote, haciendo ademanes de ponerle el penacho sagrado, volvía a correr e inclinaba la cabeza.

Sus sirvientes perplejos veían a escondidas el espectáculo, pensaban que se había vuelto loco, otros amagados por las supersticiones,

46

decían que estaba hablando con los mismísimos Dioses, que no lo interrumpieran.

Para su fortuna y con gran beneplácito, las cosechas no lograron ser abundantes en los últimos ciclos agrícolas, y un hecho a su favor era que, la tierra también se había movido con gran estrepito, como si el gran Dios humeante **Popocatépetl,** quisiera despertar, mucha gente estaba espantada, todo parecía marchar a la perfección, tenía que aprovechar estos acontecimientos fortuitos que obraban a su favor, además, estaba el eterno descontento de los señores de los reinos vecinos que pagaban tributo, nunca era poco para ellos, si el plan continuaba a la perfección, la guerra sería inminente y el único ganador sería él.

¡Sí! ¡Pronto sería emperador! ¡El más grande! el mejor de todos los tiempos, su gloria quedaría grabada en los códices sagrados y los **tlacuilos** no alcanzarían a describir todas sus glorias, embriagado de poder y ensoñación gritó a sus sirvientes, debía mandar los últimos mensajeros, los Dioses habían hablado a su favor.

11 Un emperador prudente y sabio

Tecalco   el gran emperador descansaba en sus aposentos, la vista de la ciudad era maravillosa, esa ciudad que tanto amaba y para la cual servía como emperador, desde que fue ungido como protector de la ciudad. Eso precisamente trataba de ser, un juez justo y benevolente, bueno, eso decía toda la gente de él y se sonrojaba al recordarlo, aunque siempre las indiscreciones llegaban a sus oídos, eso le proporcionaba satisfacción, el que lo consideraran así.

De hecho, desde que asumió el cargo se había comprometido a embellecer la ciudad, a darle una mejor vida a su pueblo, sin tantas guerras o desordenes, y lo había logrado ya que, no se recordaba en la ciudad tanto esplendor, como el que ahora se percibía.

Pero algo le preocupaba, a él y al concejo de sabios, la ciudad estaba creciendo a pasos agigantados, los recursos naturales como el agua y la madera se agotaban rápidamente, cada vez era más difícil sacarle provecho a la madre tierra, el comercio era lo que en últimas fechas le daba auge y vida a esta gigantesca ciudad, pero en el gran concejo se creía, que precisamente eso era una debilidad, los caminos a veces no eran tan seguros, aunque las alianzas con los pueblos vecinos eran fuertes y tradicionales, muchos pueblos llegaban de las zonas del norte, y no compartían su misma filosofía, además que los pueblos de las regiones tlaxcaltecas no aceptaban del todo la influencia de **Teotihuacán**, y le causaban muchos problemas a **Cholollan** la ciudad aliada de **Teotihuacán.**

Sin embargo no era precisamente eso, lo que más le preocupaba, más bien las profecías de los antiguos, muchas de ellas eran catastróficas, las cuales daban por hecho la destrucción de la ciudad y de sus habitantes.

El pueblo era fiel seguidor de las tradiciones y de las costumbres. Y para tratar de calmar tanto los rumores como las supersticiones, los emperadores siempre recurrían a las guerras o a los sacrificios, cosa que

48

particularmente a él y a muchos de los miembros del concejo actual no le agradaban.

En los últimos tiempos, él había puesto especial atención a los juegos de pelota, porque sabía que le pueblo se divertía, liberaba sus tenciones y les proporcionaba algo de actividad, ya que se generaba muchísimo comercio, porque muchos pueblos de regiones distantes, llegaban no solo a competir con sus mejores guerreros, también llegaban con mercancías de sus tierras de origen. Además de que el comercio, era importantísimo para la ciudad y la región no solo se beneficiaban ellos, sino las rutas que las caravanas usaban para trasladarse.

Este año en particular la ciudad lucia imponente, y aunque la ciudad no tenían plaza para los juegos de pelota, los grandes artesanos podían crearlas rápidamente, además, él mismo ordenó que pintaran más murales en las paredes de los templos y las plazas, para que lucieran bellísimas de día, igualmente ordenó más antorchas que iluminaran en las noches las pirámides, dándole así un aire de majestuosidad y divinidad increíble, de por sí las pirámides eran maravillosas, y más iluminadas, era un espectáculo que deslumbraba a todos.

La enorme calzada de los muertos, alumbrada con antorchas a los lados, contrastaba con las penumbras de los edificios de aposentos, así la ciudad era vista desde lejos.

Maravillando a los viajeros que llegaban a **Teotihuacán** por primera vez, los cuales no paraban de su asombro, era fácil distinguir a los nuevos, la boca abierta, los ojos enormes y las expresiones de admiración, de fascinación, eran un signo inequívoco de ser primerizo.

Pero esta aparente paz, calma y espectacularidad de la ciudad, no había resultado fácil, mucho esfuerzo, sacrificio y trabajo, le había costado a él, al concejo y a la ciudad misma. Recordaba a su esposa amada la princesa **Xochiquetzal**, si ella viera lo que había logrado, porque la belleza de la ciudad, se debía a los sueños que ella le había confiado, se preguntaba en muchas ocasiones, ¿Si ella hubiera sido una mejor emperatriz que él? Sonreía ¡Sí! Sin duda así hubiera sido.

Suspiro pensando en el pasado. De aquel bellísimo amor quedaba una prueba, su hija **Quetzalli,** que ya tenía la misma belleza que su madre y las mismas ideas, era noble y sensible al dolor ajeno, siempre estaba dispuesta a ayudar a sus semejantes, no le importaba el linaje, ni la posición social, trataba a todos por igual, era alegre, risueña, muy hermosa y además muy inteligente, era en fin su gran tesoro, digna hija de la hermosa **Xochiquetzal**. ¡Qué orgullosa se sentiría de su hija!

Y aunque las responsabilidades y las obligaciones de ser emperador, lo apartaban de **Quetzalli** continuamente, siempre estaba al pendiente de su educación y sus necesidades.

El ser emperador no resultaba algo fácil, porque realmente no se tenía un poder absoluto, cuando algún peligro acechaba, o se necesitaba resolver un problema fuerte, tenía que convocar al Concejo de Sabios. Suspiraba pensando que tal vez, la forma de gobierno debía ser como en **Cholollan**, la ciudad de la pirámide gigantesca llamada **Tlachihualtepec**, donde se sabía que el concejo representaba a diez o más comunidades de la ciudad, y de entre ellos se escogía a dos, para resolver los problemas más fuertes, eso sería muy bueno en estos momentos, ya que le ayudaría a solventar el peso de la decisiones.

Cada vez se sentía más solo, por la falta de su amadísima esposa, aunque podía tener muchas concubinas, nadie había logrado siquiera igualarse a **Xochiquetzal** y es que ella aparte de hermosa le era de gran ayuda, por lo menos así lo fue en sus maravillosos primeros años de matrimonio, previos al nacimiento de su hija **Quetzalli**, la princesa **Xochiquetzal** participaba activamente en resolver problemas o dar opiniones, tenía una inteligencia enorme y un conocimiento de la vida poco usual, así que, cuando él tenía algún problema fuerte, recurría a ella por concejo, sin embargo al quedar ella embarazada su salud se tornó delicada, para cuando nació **Quetzalli,** la princesa **Xochiquetzal** se debilitó más, aunque la inmensa alegría que le dio al ver a su bellísima hija, fue suficiente para agradecerle a los Dioses el maravilloso regalo de la vida, después su salud fue disminuyendo, hasta que casi dos años después de nacer **Quetzalli,** su madre murió, una lagrima asomó por los ojos del emperador, su consejera principal se había ido, su compañera, su esposa, su confidente, su amante. Sin embargo era fuerte y supo mantener esa pena apartada de sus deberes de gran señor.

Por otro lado, en la forma de gobierno que la ciudad tenía, requería la presencia y el consejo del sumo sacerdote, ese era un problema en sí, ya que de verdad lo agobiaba la sola presencia de **Itzcóatl.** Aunque era su primo y llevaba mucho tiempo en ese cargo, su negatividad para todo, su soberbia y su mal carácter, no lo hacía el más popular de los sacerdotes. Los roces entre ellos eran fuertes, aunque teóricamente eran hermanos en **Quetzalcóatl**, que era el grado máximo que tenía cada uno de ellos, representantes de la dualidad divina de este Dios. **Tecalco** lo soportaba porque era su primo, además que era muy bueno para comunicarse con los Dioses, casi nunca se equivocaba cuando presagiaba males o inminentes peligros.

Tal vez era esa su verdadera vocación, ser sumo sacerdote, sin embargo algo en él no le gustaba, su esposa le había comentado algo pero jamás pudo decírselo, tal vez solo era su carácter pero en fin.   Continuo mirando la ciudad extasiándose de su belleza, poco a poco el cansancio lo venció y un sueño inquieto lo atormentó toda la noche.

12 Intento de seducción

La última ceremonia del maíz había sido la más tediosa de todas, **Quetzalli** y las demás doncellas estaban cansadísimas, en un momento, **Zeltzin** casi se desmayaba del cansancio, cada una se fue retirando a sus habitaciones, al día siguiente habría otra ceremonia, aunque no más importante, sí más tediosa, "qué fastidio" pensaban todas, pero lo único que querían ahora era descansar, **Zeltzin** apresuro a **Quetzalli** para irse a descansar, solo sonrió, le dijo que las alcanzaría después, pensaba que tal vez su padre pasaría por ahí.

—Muy bien, pero no tardes —dijo **Zeltzin** bostezando—, nos vemos en el dormitorio.

—Sí, no te preocupes, solo quiero ver a mi padre—. Contestó **Quetzalli**.

El emperador era siempre muy puntual, pero aquella ocasión algo presentía, todas sus amigas se fueron, sintió un sobresalto, al percibir un movimiento en la obscuridad. Nada, no había nada. Sería mejor regresar sus habitaciones, tal vez algún Dios malévolo quería hacerle una mala jugada.

Recogió sus cosas y al darse vuelta, quedó frente a **Itzcóatl** el sumo sacerdote, su risita descarada, y su mal aliento le causaron repugnancia.

— ¿A dónde vas tan de prisa, hic, hermosa doncella? —Preguntó **Itzcóatl** con una sonrisa lasciva.

—He terminado mis obligaciones por hoy —dijo tajante **Quetzalli**.

—Tal vez, todavía no, ¿Quizás?, una obligación más, por hoy.

Al decirle esto, iba acercando más su repugnante rostro al de ella, su fétido olor, casi hacia que vomitara, tal vez había tomado demasiado pulque ceremonial, tenía los ojos de un rojo encendido, y eso hacía que le dieran escalofríos, aunque pensaba que de un golpe lo podría derribar, ya que era más chaparro que ella, sin embargo era hombre, además, estaba borracho, decidió aguantar la pestilencia.

— ¡No Creo! — Dijo ella firme —. Además, me esperan en los dormitorios.

—Solo tienes que ser amable con...migo —. Decía él, con la lengua trastornada y agarrándola fuertemente, pero para no caerse.

— ¡Suélteme! — Gritaba ella tratando de zafarse, pero él, la retenía fuertemente de las muñecas.

—Solo tienes que ser amable conmigo — repitió balbuceando.

— ¡Auxilio! — Dijo fuerte ella.

— ¡Nadie te oirá! Estamos solos, tú, yo y los Dioses. Y ellos tenlo por seguro, no te ayudaran en estos momentos.

En eso tenía razón, lo más probable era, que si llegaba ayuda sería para él, ya que estaban en sus dominios y se había asegurado, que nadie se presentara en esos momentos. El pulque que había tomado lo envalentonaba, pero, al ver el rechazo de ella, la comenzó a insultar.

—Vamos no seas rejega, no seas engreída como tu madre, tú te le pareces mucho, eres hermosa como ella y ahora sí yo triunfare.

— ¿Qué le pasa? — Dijo **Quetzalli** —, usted es mi tío, mi padre se enojará mucho.

— ¡Lo mataré! Como he matado a los otros emperadores, los Dioses están de mi lado, serás mía... — Y la atrajo más hacia él, dándole un beso fuerte, lastimando sus labios, hiriéndola, sintió la boca de él, babosa, asquerosa, repugnante, un asco inmenso invadió su ser.

Al principio no entendía nada, al ser tomada por sorpresa, no supo qué hacer, o qué decir, pero por instinto y repugnancia, al sentir la boca de él en la suya, involuntariamente se defendió, con un rodillazo en los testículos de él, logró zafarse, un aullido cimbro la gran sala y él, cayó doblegado por el insoportable dolor, ella no sabía qué hacer, volteó horrorizada para todos lados, solo sombras furtivas lograba ver, no sabía si pedir ayuda o salir corriendo de ahí, optó por lo segundo, pensó rápido que si pedía ayuda lo más probable era, que la ayuda llegara para el sumo sacerdote y no para ella.

Él como pudo y envalentonado por el pulque, logró atraparla y cayeron juntos al suelo, la sujetaba firmemente rodeándola con sus brazos y ella se arremolinaba tratando de liberarse, como pudo se estiró hacia la pila del altar y tomó una urna donde depositaban las cenizas del incienso ceremonial, se lo aventó a la cara, como todavía estaba caliente **Itzcóatl** lanzo un aullido más fuerte de dolor.

— ¡Maldita seas, me has quemado la cara! —Gritaba **Itzcóatl** — ¡Ayúdenme! ¡Maldita me ha dejado ciego!

Ella logró escaparse en ese momento, se tropezó con los ayudantes del sumo sacerdote que escucharon sus gritos, pero no la tomaron en cuenta. Llegó muy espantada al dormitorio, ya las demás doncellas estaban dormidas, solo su amiga **Zeltzin** la esperaba, al verla tan nerviosa le preguntó, qué había pasado.

Quetzalli le conto rápidamente lo sucedido, entre las dos intentaron bloquear la puerta del dormitorio, aunque sabían que si se lo proponían, **Itzcóatl** y sus ayudantes entrarían a como diera lugar. Decidieron no contarle a nadie, sin embargo, tal vez el mismo **Itzcóatl** se lo diría al emperador para perjudicarla, **Zeltzin** le aconsejaba que ella misma hablara con su padre, aunque **Quetzalli** no quería molestarlo, le preocupaba lo que había dicho **Itzcóatl**, que mataría al emperador como había matado a los otros emperadores. No podía dormirse por la preocupación, pensaba que en cualquier momento entraría **Itzcóatl** por la puerta.

Itzcóatl por su parte logró levantarse como pudo, ya no estaba la princesa, sintió una rabia enorme, gritó fuerte que lo ayudaran, los ojos le ardían muchísimo, pero ya lograba ver algo, sin embargo entre su borrachera y el dolor empezó a ver cosas.

— ¡Maldita, me vengare de ti! ¡Morirás como tu madre!

Deambulaba de un lado a otro gritando y tropezándose.

— ¡Lo juro!, morirás por despreciarme y tu agonía será mi felicidad, si no eres mía, no serás de nadie.

Todo le daba vueltas, la imagen de la doncella, estaba ahí quería agarrarla, pero se esfumaba y se caía nuevamente, la rabia se transformó en odio nuevamente, sentía que si se esforzaba, la agarraría, y se abalanzaba hacia la imagen, hasta que dio de lleno con la base de la piedra de los sacrificios.

Cuando sus sirvientes llegaron lo vieron tirado, quemado y ensangrentado, pensaron que se quería auto sacrificar y le rogaron que no lo hiciera, él les pegaba y los insultaba, en medio de su borrachera comprendió lo que decían.

— ¡Idiotas! — Dijo **Itzcóatl** —, ¡Ayúdenme no sean animales!, ¿Cómo me voy a sacrificar yo solo?, ¡Son unos estúpidos!

Entre golpes y gritos, como pudieron lo llevaron a sus aposentos, no dejó de gritarles y de insultarlos hasta quedarse dormido, sin embargo en su corazón el odio crecía, sus sueños infames lo acompañaron toda la noche, pero a pesar de todo sonreía, las tinieblas acechaban la maravillosa ciudad de **Teotihuacán.**

13 Comida de Emperador

Quetzalli entró en la sala del palacio, su padre estaba ahí, como siempre, rodeado de gente principal, tomando acuerdos o resolviendo problemas, la mayoría eran personas nobles, a quienes conocía de vista, todos se inclinaron a saludarla, ella siguió caminando, con su gran porte y hermosa figura, todos se apartaban reverentes, hasta que llegó a la gran mesa donde comerían. Él había mandado por ella, para que desayunaran juntos, nadie de sus amigas quiso acompañarla, ni **Zeltzin,** esta se disculpó con ella porque que tenía cosas que hacer, ni las otras porque según decían, estaban demasiado cansadas, de hecho ella también lo estaba, pero era una invitación de su padre, raro en él, debido a sus múltiples ocupaciones. El emperador al verla, dijo a sus acompañantes que los atendería después del almuerzo, se retiraron haciendo reverencias y caravanas.

— ¡Hermosísima princesita! — Le dijo dándole un beso en la frente, desde niña le decía que era su princesita —, llegas temprano, eso me gusta.

— ¡Padre Mío! —Dijo ella inclinándose un poco, le encantaba que él le dijera princesita, era un juego que ambos tenían desde que ella era pequeña.

Él le levanto el semblante, indicándole que se sentara nuevamente, eran pocas las veces que podían comer juntos, sin que nadie los molestara. Antes, cuando era niña, recordaba que él le contaba historias a la hora de la comida, le gustaba oír mucho las de grandes peleas o hazañas que él había logrado, pero más le gustaba que le platicara de su madre, a quien no había conocido y que le había hecho mucha falta, ambos se entristecían un poco, pero sabían que el recuerdo de ella los reconfortaba y les daba ánimos.

Sin embargo en los últimos años, el emperador cada día estaba más ocupado y ella también, con los quehaceres propios de una doncella y el de un emperador, raramente coincidían en el tiempo. Pero bueno, esta era una de esas raras ocasiones.

Los manjares comenzaron a ser servidos, su padre tenía unas cocineras maravillosas, que siempre habían tratado bien a **Quetzalli**, de hecho ya sabían qué le gustaba comer. Y le preparaban especialmente, los **nopalitos** asados, o las quesadillas de flor de calabaza, también de **huitlacoche**, de flor de **izote**, o los maravillosos guisados de guajolote con mole de las provincias del sur.

Todo aquello se veía exquisito, en un plato vio **Quetzalli** varios **tlacoyos,** tan deliciosos que, se le hizo agua la boca, en otro plato había **mixiotes** de conejo, aún humeantes, con **chayotitos** y cebollitas llamadas **xonacatl.** En un molcajete vio una salsa de **chinicuiles**, que le llamaba poderosamente la atención, porque le gustaba muchísimo el picante.

En una vasija de barro, vio muchos chapulines asados, en otra vasija exquisitos **caracoles** sazonados con nopales y aguacate, había más de una docena de platillos distintos, como para comer durante todo un mes, claro que no podían faltar las frutas, las **tunas** y los **xoconostles**, también guayabas y tejocotes endulzados con miel.

Quetzalli sonreía mucho, cuando alguna de las cocineras la saludaba, sabía que ella les recordaba a su madre, de niña le gustaba mucho cocinar, no era mala cocinera, muchas de las doncellas decían que lo había heredado de su **Xochiquetzal**, a **Quetzalli** le gustaba que la compararan con su progenitora, aunque no la recordaba, porque su madre había muerto al poco tiempo que ella naciera, sentía que su presencia siempre la iluminaba, la guiaba, la protegía, si no, ahí estaba la gente para recordarla.

Los manjares y guisos seguían llegando, sin embargo como quería probar todos, solo comía un poco de cada cosa, le encantaba el **tlatonile** y el **chilatole**, acompañados de tortillas azules, que le parecían exquisitas, especialmente solas con unos cuantos **chinicuiles** asados y salsa de **guacamole.**

Su padre la observaba cariñoso, reía mucho cuando ella dudaba qué comer primero, era maravilloso el parecido con su madre, su misma risa, sus mismos ademanes, la misma gentileza que tenía la princesa **Xochiquetzal** para tratar a los demás, suspiro profundo, hasta que ella, lo saco de sus pensamientos.

— ¿En qué piensas padre mío? , no has comido nada y los manjares están exquisitos.

—Perdón —dijo él —, te miraba y veía el parecido que tienes con tu madre, cuando te veo, pienso que tú eres ella, que regresó de donde los Dioses viven, y vino a saludarme.

Ella sonrío y no dijo nada, sabía que si se ponían a hablar de su madre, acabarían llorando y suspirando y no que eso fuera malo, pero ahora, solo quería estar al lado de su cariñoso padre, sentir su amor, su comprensión y su fuerza. Lo que había pasado la noche anterior, todavía le causaba miedo, no sabía si decirle a su padre o no, no sabía si le creería, pero por el momento, estaba segura con él.

Continuo comiendo, cada vez le costaba más trabajo decidir qué comer, pero ya no podía más, sintió que su estómago no resistiría, muchos platillos se quedaron sin probar y aunque su paladar le exigía seguir probando, su instinto le advirtió que calmara sus impulsos, con un **atolito champurrado**, muy frío, para que le refrescara el estómago, de las agresivas salsas picantes.

Su padre tomaba un poco, de una bebida transparente como el agua que llamaban "**mezcal**", el cual era traído de tierras lejanas y que según extraían de una planta que quemaban, en algunas provincias le llamaban el agua-ardiente, era muy fuerte para la mayoría de la gente, era reservado para personas principales, solo se tomaba en ocasiones especiales y con sumo cuidado, debido a que transformaba la gente, hasta las personas más serias o calmadas, lloraban, bailaban o hacían locuras, era como el pulque ceremonial, al recordar lo acontecido, el día anterior comenzó a temblar.

Un escalofrío le llego de pronto, ¡La comida! Cómo sabría si su padre estaba en peligro, **Itzcóatl** solo era un hablador, ¡Claro!, pero era como el significado de su nombre, una serpiente negra que atacaba de noche o escondida, además eran bastante fuertes los rumores que se decían de él. Que se había deshecho de los anteriores emperadores con sus pócimas y venenos, ¿Y qué tal que envenenaba a su padre?, tendría que hablar con sus amigas las cocineras para que lo protegieran ¡Sí, eso haría! Sabia de su lealtad para con su padre, ellas darían la vida con gusto por el emperador, ya que varias de ellas le debían algún favor, suspiró profundamente, como pudo le sonrío a su padre, quien la seguía mirando cariñosamente.

14 Hermanos en Quetzalcóatl

Aquel día el cielo amaneció rojizo, las nubes que reflejaban el resplandor matutino de los primeros rayos de sol, y que, como pequeñas bolas, eran arrastradas por el viento, contrastaban su color rojo contra el azul turquesa del cielo, para la mayoría de la gente, ese hecho, algo malo presagiaba y no solo los sacerdotes o los iniciados se daban cuenta de ello, también la gente del pueblo lo presentía, el gran Dios sol reclamaba sangre o algún sacrificio.

Por eso, cuando miraban ese color escarlata de las nubes, los invadía un sentimiento de aprehensión.

Los templos tenían una actividad inusual, los sacerdotes corrían de un lado a otro preparando sus ceremonias, todos habían recibido órdenes extremas del sumo sacerdote de comenzar los preparativos, porque grandes presagios amenazaban el futuro.

Los caracoles sonaron durante toda la mañana, haciendo más estremecedor el ambiente, los aromas a **ocote** quemado e hierbas aromáticas, emborrachaba a los que pasaban por ahí.

Itzcóatl pidió audiencia con el emperador **Tecalco**, la cual no le negaron, porque él era sumo sacerdote. Fue llevado a la gran sala, donde el emperador se reunía con señores principales de **Otumba,** y algunos de los nobles sabios de **Teotihuacán.** Al ver su impaciencia se retiraron un poco, el emperador le dijo.

—Primo qué te trae por aquí, pasa ¿Gustas algo para refrescarte?

— ¡En este momento! —Dijo en un aullido — ¡Soy **Quetzalcóatl Tláloc Tlamacazque!** Sumo sacerdote en **Quetzalcóatl** y exijo hablar con **Quetzalcóatl Tótec Tlamacazque,** el emperador en **Quetzalcóatl.**

Todos sorprendidos por el aviso se retiraron más, haciendo caravana solemne. Únicamente cuando el sumo sacerdote invocaba una reunión así, era porque había problemas. Esta reunión solo podía ser exigida por uno de los hermanos en **Quetzalcóatl**, es decir el sumo sacerdote o el emperador. El semblante del emperador cambió y se endureció, sus palabras fueron.

— ¿Qué sucede **Itzcóatl**? ¿Qué auguran tus palabras?

— ¡Guerra!, ¡Guerra y desolación! Por no escuchar los designios de los Dioses.

Todo quedó en silencio sepulcral. El emperador y los miembros del concejo quedaron perplejos, no sabían qué intentaba decir **Itzcóatl**, pero por la vehemencia de sus palabras, presentían que no era algo bueno, el emperador intento hablar con **Itzcóatl,** pero en ese preciso momento, llegaron varios sacerdotes, ayudantes del sumo sacerdote, con costales llenos de cuerpos desmembrados y ensangrentados, los depositaron en medio de la sala, ante el asombro de todos. Nadie lo creía, ¿Qué era aquello?

— ¿Qué significa esto **Itzcóatl?** —Preguntó el emperador disgustado.

—Son los emisarios que mandé al **Templo de Chiconaquiahuitl,** en la región de **Cholollan** para que pagaran tributo de sumisión ante **Teotihuacán.**

— ¡Que hiciste qué, maldito loco! —Gritó enojado el emperador— ¡Sabes que son tierras sagradas! Libres de impuesto y tributo. Además, han sido nuestros amigos y quienes nos provén de la maravillosa cerámica anaranjada que usas en las ceremonias.

— ¡Eso es mediocridad y sumisión! — Gritó a su vez **Itzcóatl**— No hay ciudad más sagrada que **Teotihuacán** y eso debe saberlo todo el mundo conocido.

—Sabemos que nuestros antepasados llegaron de esos lugares, la tradición lo dice-. Contestó **Tecalco** el emperador-. Además nuestras rutas comerciales hacia el mar y las regiones del **Mayab** pasan por sus territorios. Inclusive nos han ayudado a mantener la paz en las regiones tlaxcaltecas.

— ¡Con mucha más razón! ¡Clamo justicia! ¡La exijo! mira lo que le han hecho a mis enviados, masacraron a mis fieles y leales ayudantes, fueron emboscados en regiones tlaxcaltecas —. Y gritando enardecido díjo — ¡Exijo justicia! ¡Muerte a quienes hicieron esto! y destrucción de la ciudad completa ¡Lo Exijo!

— ¿Y cómo aseguras entonces que **Cholollan,** fue culpable de esta atrocidad? —Preguntó el emperador **Tecalco** —, pudieron ser tribus tlaxcaltecas que no están unidas a nosotros.

— ¿Qué más pruebas necesitas que esto?

Enseñándole las flechas que atravesaban a los muertos. ¡Sí!, en realidad todos conocían las marcas de la ciudad de **Cholollan,** muchos de los presentes conocían las armas y escudos de la mayoría de los pueblos de la región, aquellos indudablemente eran de aquella ciudad, pero la situación era muy difícil de creer, sobre todo, de un pueblo pacífico, el cual sus habitantes se dedicaban más a las actividades espirituales, esa ciudad, donde la mayoría de los pueblos de la región mandaba a estudiar a sus jóvenes. Pero indudablemente las huellas de las armas, eran de aquel lugar.

La cólera de **Itzcóatl** se reflejaba en su cara, los rostros incrédulos del emperador y de algunos de los miembros del concejo que se encontraban ahí, inclusive los señores de **Otumba,** opinaban acerca de los hallazgos, todos hablaban al mismo tiempo, **Tecalco** el emperador le hizo señas a su secretario, para que reuniera al Concejo de Nobles, y a su maestro ceremonial. Les pidió cortésmente disculpas a los señores de **Otumba,** por no poder seguir atendiéndolos, ellos se retiraron. Pidió a los demás que los dejaran solos, con los sacos ensangrentados, esperando a los demás miembros del concejo.

A pesar de ser personas mayores, los miembros del Concejo de Nobles llegaron presurosos, habían sido grandes guerreros en su juventud, así es que, todavía conservaban mucha energía, poco a poco fueron ocupando sus lugares alrededor del sumo sacerdote y del emperador, solo uno que otro ayudante quedaba atrás para cualquier servicio. Desde el momento que **Itzcóatl** había pedido la guerra, él y **Tecalco** el emperador, no hablaron ni una palabra, nada, solo se veían dura y fijamente, unos ayudantes les ofrecieron jarros de barro, con agua fría para calmar su sed. **Itzcóatl** insolente le tiró al vasallo el tarro, haciendo que se rompiera en pedazos, el emperador no dijo nada, solo lo miro fijamente.

El Noble llamado **Iztacoyotl** quien era el de mayor jerarquía, que no siempre era el de mayor edad dijo:

— ¿Cuáles son los hechos que reclaman esta reunión?,

—La mediocridad del emperador señor —dijo **Itzcóatl** con tono de burla.

—Recuerda que somos principales **Itzcóatl** —le dijo el Noble **Iztacoyotl** —, no debes hablar con insolencia delante de nosotros. Y menos ofender a tu hermano **Quetzalcóatl.**

Tratando de relajarse y reprimir su rabia, **Itzcóatl** rezongó, rechinando los dientes.

—Está bien —dijo impaciente — solo quiero dejar en claro, que yo le advertí al concejo de Nobles, que esto pasaría, miren lo que ha sucedido, los sacerdotes que he mandado a cobrar tributo, a los pueblos de la región de **Cholollan**, regresaron encostalados, descuartizados, sus atuendos mancillados, exijo que sean borrados de la faz de la tierra esos pueblos

El murmullo tomó fuerza, todos miraban nerviosos hacia los costales de **ixtle,** que contenían los restos humanos, no es que les diera miedo ni repugnancia, siempre veían esto en los sacrificios a los Dioses, más bien lo que les preocupaba, era lo que decía **Itzcóatl,** eran sacerdotes encomendados a una tarea, que pudieron ser ellos mismos o sus hijos, que prestaban servicio a los sacerdotes.

Ehecatl, el anciano principal, sosegó los murmullos pidiendo calma y silencio. Preguntó:

— ¿Qué opina de este acontecimiento mi señor emperador?

Tecalco miró los costales, pero de momento no dijo nada, este hecho no representaba la guerra en sí, ninguno de los pueblos de la comarca de **Cholollan** tendría la suficiente fuerza como desafiar así a

Teotihuacán, todos lo sabían en ese momento, pero las vociferaciones del sumo sacerdote, provocaban sentimientos encontrados.

—No creo que los señores de **Cholollan** sean capaces de esto, pero lo que podemos hacer, es mandar un contingente a investigar y pedir una solución diplomática a este hecho.

— ¡Qué! ¡Solo eso! — Dijo indignado **Itzcóatl** — ¿Han matado a mis mejores sacerdotes y no harás nada?

— ¿Dime que pruebas tienes que fueron ellos? — Preguntó duramente **Tecalco** —además dime ¿Quién sería capaz de semejante estupidez?, sabes que esos pueblos no tienen ejércitos suficientes como para hacerle frente a nuestro poderoso ejército de caballeros, si mal no recuerdo, tú mismo me dijiste que habías estado en ese lugar, lo describiste como una región mediocre, sin embargo sin ser poderosa, merece mucho respeto por la mayoría de los reinos de los valles, debido a la paz que han logrado mantener en la región tlaxcalteca, conteniendo también, los embates de los bárbaros del norte.

—Esas son palabras estúpidas —grito **Itzcóatl** —, los pueblos bárbaros de **Tlaxcala** cada vez son más fuertes y poderosos debido a la complicidad de **Cholollan.**

— ¡Calla! — Dijo **Ehecatl** el más anciano, con voz potente y fuerte — también debemos de recordar, que si hacemos la guerra con la ciudad sagrada, los reinos de los cinco lagos, se convertirán en nuestros enemigos inmediatos, **Xochimilco, Xaltocan, Chalco, Zumpango** y **Texcoco,** no se quedaran cruzados de brazos, sabemos de la veneración que sienten hacia la majestuosa **Pirámide de Tlachihualtepec,** donde nos graduamos, la mayoría que estudiamos y reverenciamos al dios **Tláloc,** todos nos instruimos ahí, incluido tu **Itzcóatl.**

La ira de **Itzcóatl** pasó a una confusión horrible, eso era cierto por un lado, él fue comisionado a checar las rutas comerciales de esos pueblos, conocía muy bien la región de los volcanes, sabía que no eran reinos muy grandes, a su vez esos pueblos, sentían una simpatía, admiración y tal vez temor, hacia **Teotihuacán**. Pero veneraban más la región divina, donde se encontraba la gigantesca pirámide de **Tlachihualtepec**, y por otro lado, aunque los Teotihuacanos tenían un poderoso ejército, lo cual era incuestionable, también lo era el hecho que si los reinos de los cinco lagos se unían, podían aplastarlos, además, los pueblos tlaxcaltecas y chichimecas se unirían a ellos, dejándolos en desventaja, por poco su plan se viene abajo, pensó rápidamente.

—El hecho es —dijo **Itzcóatl** —, que dentro de los costales, se encontraron escudos de los clanes y familias de **Cholollan,** escudos de los clanes tlaxcaltecas de la región central y yo las conozco muy bien. ¿Si eso no es signo de guerra? , ¿Entonces qué lo será? Además, los designios de los Dioses han hablado, los movimientos de la tierra y la devastación de las cosechas son pruebas suficientes, los Dioses están enojados y exigen sangre para calmar su ira.

El murmullo volvió a la gran sala y nadie pudo acallarlo, realmente **Itzcóatl** era el erudito en esos temas, si se escudaba en esos argumentos, nada se podría hacer. En esos momentos, un estruendo ensordecedor proveniente de fuera, acaparo la atención de todos.
Tecalco gritó a sus sirvientes para que le explicaran lo que sucedía.

Un guardia le dijo.

—Señor, necesita ver esto, algo está pasando, no tiene explicación.

Todos salieron apresurados, lo que vieron fue espeluznante, una fumarola gigantesca salía del poderoso **Popocatépetl**, el griterío era espantoso, todos quedaron asombrados, el humo se elevaba hacia el cielo y como un penacho majestuoso opacaba el sol, solo **Itzcóatl**, alzaba los brazos en señal de victoria y gritaba a todo pulmón.

— ¡Guerra!, ¡Guerra! — Repetía una y otra vez — ¡Guerra! Los Dioses lo piden, estos son sus designios.

El emperador y los miembros del concejo de sabios veían entristecidos el espectáculo, sabían que ante los acontecimientos, la paz era obsoleta y quien lo pidiera, sería como un profeta dando gritos en el desierto, donde nadie lo escucharía, el horizonte para **Teotihuacán** como en aquel momento, se ensombrecía más y más.

Ehecatl miro al emperador, y sintió lastima por él, en este momento se encontraba solo, por la decisiones que tomaría, de hecho notó cómo envejecía de repente, de hecho, se notaba ya, más anciano que todos ellos.

15 Preparativos

Los juegos de pelota fueron suspendidos antes que terminaran, los campos de pelota se desmantelaron rápidamente, en su lugar talleres artesanales de escudos, flechas y arcos fueron instalados inmediatamente. Los visitantes y las caravanas de los pueblos lejanos, abandonaron la ciudad presurosos, las grandes ciudades ambulantes, avanzaban lentas su largo peregrinaje de regreso a sus lugares de origen, jamás en todos los tiempos se había visto algo parecido,

Bueno, solo algunos descendientes de las regiones de **Cui-Cuilco** tenían en su memoria el rugido de los volcanes, pero había ocurrido algunas generaciones atrás, lo que sabían era por relatos de sus padres que a su vez se los contaron sus abuelos, y así en un larga cadena.

Los jóvenes guerreros del **calmécac** regresaron a sus escuelas ahora convertidas en cuarteles de guerra, el príncipe Balam pasó a despedirse de **Acozac** y **Xolox,** eran amigos desde torneos anteriores.

—Parece que la guerra es inminente, amigo **Xolox** —dijo sombrío.

—Así es amigo, todos esperamos sea un malentendido.

—Lo único malo es que no te derrotaré en el campo de juego —dijo **Acozac** en tono de broma.

—Tranquilo **Acozac** yo lo hubiera derrotado en la segunda ronda.

—Bueno tendrás que esperar tu turno **Xolox**, porque el primero al que le haría morder el polvo seria a **Acozac** y luego a ti.

Sonrieron a pesar de las circunstancias. Balam agregó.

—Si necesitan algo, o quieren visitarme algún día, los recibiré con los brazos abiertos, el camino es largo, pero no duden que en mis tierras podremos terminar esta contienda en el juego.

—Gracias **Balam**, tal vez me convengan unas vacaciones cuando termine este conflicto —dijo **Acozac**.

Se despidieron solemnes, **Balam** y su caravana salieron esa tarde de la capital.

Y al igual que la mayoría de la gente que se marchaba, **Balam** pensaba que tal vez, jamás volvería a ver esa ciudad maravillosa, y trataban de llevarse en su memoria esa vista espectacular, porque aparte de los acontecimientos de fuego del volcán, las luces de guerra ensombrecían más que el humo, y entristecían más que la noche, muchos meditaban los acontecimientos, pero no comprendían qué había pasado, la mayoría de los pueblos normalmente dejaba de pelear en los juegos, y si peleaban, lo hacían precisamente con sus mejores guerreros, en el mismo juego.

La incertidumbre reinaba en la ciudad, entre la gente de la ciudad, que se quedaba, ¿Qué pasaría? ¿Su emperador los llevaría a la guerra, como el sumo sacerdote quería?, o ¿bastaría su prudencia y su diplomacia para salvar esta situación?, nadie del pueblo quería ir a la guerra eso era seguro, el esplendor de la ciudad, hacía que se sintieran protegidos, el comercio y los juegos, daban tranquilidad, la vida se desarrollaba normalmente.

El gran concejo de sabios, en reunión solemne a petición del emperador **Tecalco,** ordenó que se enviara un ejército a la región de **Cholollan**, las órdenes eran, presionar a los caciques de la región y que respondieran por la muerte de los sacerdotes enviados.

De hecho se habían enviado delegados, diplomáticos inmediatamente a resolver la situación, pero ningún grupo regreso, por lo tanto el Concejo más nervioso por la presión de **Itzcóatl**, determinó enviar al ejército, irían los mejores guerreros, pero la consigna a los generales principales era negociar la paz, a lo cual **Itzcóatl** se opuso firmemente, él quería la guerra por sobre todas las cosas, argumentaba que si los pueblos de la región no veían la fuerza y el poder de **Teotihuacán**, esta ciudad estaría a merced de ser conquistada.

Lo que más preocupaba al concejo, era la fuerza con la que el poderoso **Popocatépetl** rugía, nadie en su larga vida fue testigo de su excesiva actividad, pero suponían que era algo pasajero, sin embargo los recuerdos de **Cui-Cuilco** estaban frescos en la mente de todos, además las profecías de la destrucción de la ciudad, siempre rondaban la mente de todos, el pueblo vivía atemorizado y supersticioso, de que todo desapareciera de repente.

Xolox caballero águila y **Acozac** caballero jaguar, fueron convocados a sus cuarteles respectivos, la actividad en las escuelas de guerreros era febril, los escudos eran reforzados, los estandartes adornados y los **Makuahuitl** o espadas, eran reparadas y reforzadas con filosas obsidianas, las cuales eran letales cuando se incrustaban en los enemigos, la guerra ensombrecía todo el ambiente y el ánimo de los guerreros era evidente, todo mundo tenía algo que hacer, los nuevos guerreros fueron agrupados en clanes, ensayaban como antes sus ejercicios guerreros, aunque ya los habían practicado durante su paso por las escuelas, no pensaban que los usarían tan rápidamente.

Los estudiantes más jóvenes no serían enviados en este momento, pero quedarían en reserva, por si eran requeridos, pero mientras, tenían que ayudar a los que sí serían enviados a combatir. Después de mucho deliberar, el Concejo de Sabios había pedido a su emperador que enviara un ejército hacia la región de **Cholollan**, presionados por el sumo sacerdote y las gentes que estaban a su favor, las cuales pertenecían a las familias de más abolengo de la ciudad o provenían de algún clan ilustre, las cuales hacían pesar todo su poder y fuerza en las decisiones del concejo, además de que **Itzcóatl,** había preparado al pueblo, para que pidiera la guerra, con el pretexto de calmar a los dioses, al dar en ofrenda los cuerpos de sus enemigos.

La mayoría del pueblo y sobre todo los miembros del concejo, eran reacios a realizar sacrificios humanos, mas como en muchos casos, el temor de la gente era muy fuerte, la presión inconsciente de mitos y creencias pesimistas, que reinaban en las masas ignorantes, los cuales habían sido influenciados por los mismos sacerdotes. Hacían que el pueblo pidiera fervientemente, los sacrificios humanos, pensando que en esta ocasión, los salvaría de males peores.

El ejército seria comandado por el general **Mixcoatl,** uno de los generales más capaces del concejo de Sabios y gran amigo del emperador **Tecalco**, además de ser un gran estratega, era muy valiente   en muchísimas ocasiones lo había demostrado. **Acozac y Xolox** se alegraron mucho de estar bajo su mando, ya que él había sido uno de sus mejores maestros en el **Calmécac**.

Xolox, fue colocado en un contingente de avanzados,   tenía a su cargo un escuadrón de caballeros jaguar de orden dos, quienes eran muy valientes, pero sobre todo muy fuertes, eso le daría a la columna vertebral del ejército un camino listo, para acabar a sus enemigos, además los caballeros águila tenían una habilidad sorprendente, su excelente vista, su contingente colocaba un puesto alto que armaban en poco tiempo

El caballero águila subía rápido y lograba ver enemigos escondidos y prevenir emboscadas, esto era muy bueno sobre todo en lugares donde los pastizales tapaban a los guerreros, aunque ponían al guerrero en peligro podía recibir una andanada de flechazos, pero les prevenía de muchos ataques, las armas que llevaban no eran muy sofisticadas, pero sí muy eficientes en el combate cuerpo a cuerpo con sus enemigos, la más efectiva era el **makuahuitl,** mazos equipados con filosas hojas de obsidiana, que no mataban al enemigo inmediatamente, pero si lo desangraban e inmovilizaban, los escudos o **chimalli** eran duros y formidables, adornados con los colores vivos de sus clanes o familias.

En el tercer contingente, guerreros equipados especialmente con poderosos **tlahuitlolli** y **yaomitl** o arcos equipados con flechas, para la guerra que lograban debilitar a las tropas enemigas.

Por su lado **Acozac** fue colocado en otro contingente pero más atrás, la rapidez de estos guerreros era muy conocida, por eso eran colocados en segunda instancia, lograban colocarse a la vanguardia en pocos instantes y tomar al enemigo por sorpresa mientras peleaban con los guerreros de la primera línea. Entraban y se retiraban rápidamente, para lograr hacer daño en otro lado, **Acozac** se saludó con **Xolox** en las vísperas, como siempre se habían deseado suerte, ellos sabían de su pacto hacia la princesa **Quetzalli**, en cuanto regresaran de la guerra, si es que esto sucedía, lucharían entre ellos por el amor de la princesa.

Únicamente **Xolox** logró despedirse de ella, ya que el rango de su clan, le permitió coincidir con la princesa, cuando su familia entregaba algunos presentes a los Dioses, pudo estar cerca de **Quetzalli**, pero la vio triste y pensativa, como ausente, no era la misma de siempre, algo malo le pasaba a la princesa, tal vez eran los acontecimientos recientes, pero no pudo preguntarle nada, ni pudo tampoco comentarle nada a **Acozac**, una duda ensombrecía el corazón de **Xolox**.

Las ofrendas y los rezos en los templos estaban a la orden del día, muchas familias acudían con los hijos o familiares que serían enviados a combatir, entregaban sus ofrendas para el regreso feliz del combatiente, y para calmar las ansiedades de los familiares, lo cual hacia más feliz a **Itzcóatl** quien sonreía complacido, al ver que, aunque todavía no comenzaba la guerra, él se enriquecía rápidamente.

16 Camino a la guerra

En el umbral del nuevo sol, según su calendario, los contingentes salieron una mañana, bajo el sol rojizo de aquel día que presagiaba guerra, sangre y destrucción, todo el pueblo acudió a despedirlos, la caravana era inmensa, los fieros guerreros desfilaban en grupos de regiones, siguiendo el escudo de su clan o su comarca, ataviados con sus galas de guerra, atravesaban erguidos la calzada de los muertos, todos los vitoreaban, parecía un día de fiesta lo cual les dio ánimos, sabían que muchos de ellos no regresarían, pero caminaban orgullosos y resueltos a pelear por su tierra, por su familia, por sus hijos, por su ciudad. A lo lejos solo se veía la columna de picos y lanzas, como una serpiente gigante que se perdía en el camino.

Guerreros de otros poblados se unieron a los contingentes, se decía que en el ejército enemigo había miles de hombres, así es que las ciudades más cercanas y adheridas a **Teotihuacán** mandaron sus mejores soldados, ahí estaban los fieros guerreros que vivían a las orillas del lago de **Xaltocan**, y quienes se hacían llamar los de la boca de piedra **Tetlcamatl** o **Tecámac**, también los poderos guerreros de **Tula**, todo mundo quería participar. Al principio los reinos de los cinco lagos no querían participar del todo, **Xochimilco, Zumpango, Chalco, Xaltocan y Texcoco**. No podían o no querían creer que **Cholollan**, la ciudad emblemática había participado en aquella masacre de sacerdotes, ya que de ahí salían los utensilios de las ceremonias sagradas de la mayoría de los pueblos, debido a la textura que le daban de un color naranja semejante a la sangre joven, además de que, también de ahí estudiaban los mejores sacerdotes, que después enseñaban en otros templos de las regiones vecinas, sin embargo **Teotihuacán** era la ciudad más grande y dominante de la región, así que muchos en mayor o menor medida decidieron participar.

Xolox quedó al mando de un comando de caballeros **océlotl,** los observaba orgulloso, sabía de su valentía y su honor, la mayoría habían sido sus compañeros de clase en la escuela, sin embargo el respeto hacia él era muy fuerte, ellos recordaban que él era el mejor de su clase. Y también se alegraron cuando supieron que **Xolox** quedaba a cargo de ese contingente.

Otra cosa que **Xolox**, por su parte, no se cansaba de admirar, era a los rastreadores y los guías, siempre sabían el camino correcto que debían tomar, tenían conocimiento exacto de dónde se encontraba cada piedra, cada lugar peligroso, cada árbol para tomar sombra, donde los pantanos, pero sobre todo el agua para beber, aunque la zona estuviera desierta sin sombra, ríos o manantiales, o el agua fuera inapropiada para beber, ellos, los rastreadores sabían de donde sacar agua pura y cristalina.

Y no importaba que, como en aquella mañana hubiera amanecido con tanta neblina, donde no se lograra ver más de tres pasos largos. Ellos encontraban el camino correcto, los atajos y senderos, todo sin equivocarse en lo más mínimo.

La gran columna de guerreros comenzó su camino muy temprano, marchaban en grupos, con sus rangos específicos, avanzaban a trote mecánico, monótono, lo cual les permitía desplazarse rápido por el camino, recorriendo grandes trechos sin descansar, de hecho cuando tenían que hacerlo se turnaban, lo hacían así para protegerse y mantenerse alertas siempre.

Los grupos estaban divididos por regiones o familias, clanes o divinidad a la que más le rendía culto, cada uno llevaba su estandarte y en él, se describía la fiereza de las batallas que habían ganado, no había perdedores porque, simplemente habían muerto, los ganadores regresaban con vida, se les rendían honores, a los muertos en combate se les rendía culto, sabiendo que cuando alguien moría no era precisamente por cobarde.

También tenían estos grabados en sus escudos y espadas de obsidiana, cada grupo de caballeros **océlotl** era comandado por un caballero jaguar o águila que se habían recibido de la escuela o **Calmécac**, los cuales también estaban agrupados en contingentes comandados por los caballeros águila de alto rango.

El avance a veces era rápido pero casi siempre lento y tedioso, habían pasado ya las grandes laderas y las barrancas humeantes, los lugares de agua caliente, que quemaba la piel y olor fétido que revolvía el estómago.

El frío de las mañanas contrastaba con el sol abrasador del mediodía, era un clima extremoso, pero los salvajes guerreros ni se inmutaban, eran como los seres de piedra de **Tula,** no les importaba el frío que calaba hasta los huesos en el amanecer, donde la neblina espesa no dejaba mirar a más de tres pasos largos, se encontraban en las estepas largas donde la tierra era plana, y el herbaje a veces tapaba hasta los guerreros más altos.

Llevaban ya dos días de camino y los enemigos no aparecían por ningún lado, **Xolox** se sentía inquieto, así se lo hizo saber al comandante en jefe **Mixcoatl,** quien también tenían su dudas, ya lo había comentado con otros generales, pero el sumo sacerdote les había dado instrucciones precisas, recibidas según él, por las divinidades, sin embargo hasta el guerrero más tonto sabía que de continuar así, podían ser blanco fácil de alguna emboscada. Pero eran militares al fin, y seguían las órdenes dictadas.

Pronto comenzaron los cerros y las montañas, el frío calaba los huesos, la subida de las laderas cada vez más empinadas, les fatigaba sobremanera, se encontraban ya, en la zona de los grandes árboles puntiagudos como flechas, apuntando hacia el cielo. Para quienes nunca habían salido de **Teotihuacán,** aquel espectáculo era maravilloso, tanto que a veces se les olvidaba el motivo por el cual estaban ahí, los volcanes a lo lejos dejaban ver su majestuosidad, la furia del **Popocatépetl** estremecía sus corazones, no comprendían porqué se encontraba tan enojado, para algunos que habían viajado antes a **Cholollan** el camino les parecía completamente diferente, porque como la misma **Teotihuacán,** el valle de **Cholollan** era místico, muchos sacerdotes habían estudiado ahí, era un centro ceremonial fuerte, con mucha tradición, de hecho para muchos guerreros lo que estaban haciendo era un sacrilegio, atentaba contra las tradiciones, pero eran guerreros y estaban acostumbrados a seguir órdenes.

Pero a pesar de estar tristes, como se encontraban sus corazones por los acontecimientos, una visión maravillosa apareció y se dieron cuenta de la belleza de estas tierras, era la blancura y cercanía del otro coloso que acompañaba al furioso **Popocatépetl,** su compañera **Iztaccíhuatl.**

Desde donde se encontraban, la majestuosidad del volcán estaba en su máximo esplendor, semejante al cuerpo de una doncella descansando, su paz y belleza reconfortaban el alma y el corazón, les recordaban a sus mujeres y a sus familias, el por qué habían venido a esta guerra sin sentido. Era precisamente para protegerlos, eso les dio ánimo en aquel día.

Al siguiente día los sorprendió una tormenta, algo increíble para muchos, al principio el frío era tan intenso que la respiración se les dificultaba, poco a poco se fueron dando cuenta que una ligera lluvia empezaba, aunque algo raro y difícil de comprender para ellos, no eran gotas, eran como plumas de ave, que flotaban suavemente, blancas, inofensivas, muchos extendían la palma de sus manos para tomarlas, pero inmediatamente desaparecían transformándose en agua. Aquellos fieros guerreros, reían como niños cuando descubren algo nuevo, que les causa excitación, poco a poco fueron observando que le paisaje se pintaba de blanco, los árboles, la tierra, la maleza, el pasto, las piedras y ellos mismos, al darse cuenta que su pelo se parecía al de los muy ancianos reían más.

Mixcoatl ordenó detener la marcha y construir refugios, algo no estaba bien, aquello no era lógico, para aquellos que no estaban acostumbrados a la nieve, les parecía divertido, pero no se imaginaban el peligro al que estaban expuestos, rápidamente construyeron casas improvisadas, con ramas de los árboles, y con los **ixtles** que llevaban, tratando de crear algún refugio temporal, que no dejara penetrar esa agua blanca, que ya no se derretía tan fácilmente, al contrario se hacía cada vez más dura y quemaba la piel.

Aquella noche no pudieron descansar, el frío se los impedía, y aunque se calentaban unos a otros, no se acostumbraban a la humedad que dejaba el agua blanca.

Al despertar a la mañana siguiente, el espectáculo que les brindó la diosa naturaleza era maravilloso, todo era blanco, parecía que el penacho blanco del **Popocatépetl** se trasladó ahí, el frío era intensísimo, pero el bello espectáculo les encantaba, comieron lo que pudieron y reanudaron la caminata, un poco más lentos porque el agua dura y blanca les impedía caminar rápido.

Una nueva sacudida del **Popocatépetl** hizo detener la marcha, se miraban unos a otros y luego miraron la fumarola espectacular que tocaba el cielo, era un espectáculo majestuoso, todos pensaron en la ciudad, en lo que estaría pasando en ese momento ahí.

17 Sacrificio Sublime

En la ciudad, volvió a sacudirse la tierra, pero con tal fuerza, que estremeció a todos sus habitantes, muchos pensaban que las pirámides caerían, pero se mantenían firmes, eso sí, muchas casas y dormitorios se cuarteaban, los utensilios de barro se rompían al caer, aunque no fueron daños de mucha consideración, el espectáculo más aterrador fue la fumarola gigantesca que salía del coloso dios **Popocatépetl**, el cual despertaba enojado, esparciendo su ceniza por toda la región, la ceniza llegaba hasta las regiones más apartadas del lago de **Zumpango**.

La ciudad estaba histérica, todos gritaban que el fin de los tiempos había llegado, que los Dioses los castigarían por destruir la tierra y la vida.

Habían pasado algunas semanas, desde que se suspendieran los juegos y días desde que salieran las tropas, a reprimir el atentado de los señores de **Cholollan**. El volcán había incrementado su actividad como nunca antes, la ceniza y el aire enrarecido, hacían que fuera difícil respirar y casi todos los días una espesa nube de humo invadía la región, por todos lados, una capa de ceniza quedaba sobre todas las cosas dándole un espectáculo más siniestro, esto hacía que el pueblo clamara a sus sacerdotes.

La oportunidad que esperaba **Itzcóatl**, comenzaba a gestarse, él mismo se encargaba de azuzar a la gente, para que pidiera más de sus ceremonias a los Dioses, desde su palacio movió a la multitud para que fuera hacia el palacio del emperador, a exigir los sublimes sacrificios.

La turba encabezada por **Itzcóatl** llegó al palacio del emperador **Tecalco**, gritando consignas, este salió al ver el alboroto, jamás había pasado algo así, habló desde lo alto con voz fuerte.

— ¿Qué es lo que pasa?, ¿Por qué vienen así enojados?

Entre el griterío de la gente solo se entendía que deseaban el sacrificio sublime.

— ¡Queremos sacrificios sublimes, para calmar a los Dioses!

—Se realizaron ya los sacrificios respectivos, en todos los templos de la ciudad —replicó **Tecalco,** el emperador.

La voz de **Itzcóatl** sonó fuerte y clara de entre el bullicio.

—Pero no fueron suficientes. La única forma que los Dioses apacigüen su ira es sacrificando tres doncellas de linaje.

Desde hacía mucho tiempo los sacrificios sublimes no se llevaban a cabo, porque la ciudad pasaba por un esplendor extraordinario, no eran necesarios, de hecho esa tradición tan cruel, se encontraba en desuso, se realizó en los primeros tiempos, cuando la ciudad comenzaba a surgir, era por eso que nadie se acordaba, que en su existencia hubieran sido llevado a cabo tales sacrificios se referían a que la furia de los Dioses era tal, que solo se calmarían si se sacrificaban a tres doncellas de alto linaje y vírgenes.

El emperador **Tecalco** al principio no comprendía lo que insinuaban, pero después pegó un grito horrorizado, su hija sería una de las doncellas que serían sacrificadas.

— ¡No!, ¡Jamás dejare que pase algo así!

— ¿Te niegas al designio supremo de los Dioses? —Le gritaba **Itzcóatl** — ¿Sabes lo que pasara? será el fin y la destrucción de la ciudad y de todos nosotros.

El griterío se hizo ensordecedor, la gente vociferaba.

— ¡Sacríficala!

Itzcóatl sonreía para sus adentros, nadie podía calmar a la gente, el emperador volteo a ver a los ancianos, varios de ellos le rehuían la mirada, solo sus mejores amigos **Iztacoyotl** y **Ehecatl,** aunque tristes, le daban ánimos con su mirada. ¿Qué podrían hacer?, la muchedumbre enardecida por **Itzcóatl** no entendía razones. **Ehecatl** gritó con voz potente.

— ¡Saben hermanos de **Teotihuacán**! Que los sacrificios sublimes tienen su razón de ser, solo cuando nos encontramos en guerra de sitio, cuando no hay otra solución, no podemos precipitarnos con esta decisión que, podría resultarnos muy costosa, yo propongo que el concejo decida, como siempre lo ha hecho en casos de extrema necesidad.

Solo la mirada fulminante de **Itzcóatl**, logro acaparar su atención. **Ehecatl** tenía mucho poder, sus decisiones siempre eran tomadas en cuenta. Este anciano aún fuerte, tenía una voz potente y una autoridad a toda prueba, poniendo punto final a la discusión gritó que — ¡Se decidirá en sesión solemne de concejo! —

Todos los miembros del concejo entraron al palacio a deliberar, junto con el emperador **Tecalco** y los demás miembros de las familias de linaje, claro sin invitar a **Itzcóatl**, lo cual fue visto como un mal augurio para su causa.

La gente no se retiró, azuzados por **Itzcóatl**, quien pensaba que si ellos, "El concejo de ancianos", decidían salvar a las princesas, lo lograrían, tendría que actuar rápido y sin miramientos, ahora se jugaba el todo por el todo, habló al oído con uno de sus fieles y leales servidores, este, junto con cinco miembros de su confianza abandonaron el templo, decididos a cumplir las órdenes de **Itzcóatl,** mientras él ordenaba hacer guardia a su gente, para que el emperador y el concejo de ancianos sintieran la presión del pueblo, constantemente hablaba, que los males actuales eran producto de un mal gobierno, que los designios de los Dioses no fueron escuchados, la gente creía fielmente en sus frases, más cuando el volcán rugía potente, la muchedumbre gritaba espantada, **Itzcóatl** trazaba sus planes, tenía que actuar rápido, esta era la ocasión que tanto había esperado.

18 La batalla

El contingente de guerreros seguía el camino, se encontraban en medio de un zacatal enorme, ese día, a diferencia de los anteriores, el calor era insoportable, algo llamó la atención de **Xolox,** observó que uno de los rastreadores se detenía, observaba nervioso, decidió detener al grupo, otro de los guías se acercó, dialogó algo con el rastreador y corrió hacia la derecha, después de un rato, pegó un grito agudo al ser derribado por una flecha. **Xolox**, gritó que los atacaban, del cielo comenzaron a llover flechas puntiagudas.

— ¡Cúbranse! —Gritó fuerte — ¡Pared de escudos!

Todos obedecieron y contuvieron las flechas, un humo denso comenzó a impregnar el aire, les impedía respirar, miraron como flechas con fuego surcaron el cielo, **Xolox** ordenó tocar retirada, en ese momento, cientos de guerreros salvajes los atacaron desde los lados.

Otro caballero águila desde lo alto, observo cómo era atacado el grupo de **Xolox**, y ordenó avanzada a toda carrera, llegaron justo a tiempo para salvar el contingente de **Xolox.** Con las lanzas grandes como un puerco-espín atacaban al enemigo, mientras desde atrás un grupo de guerreros con flechas asestaban golpes mortales, sin embrago el humo de los pastizales se hizo más denso, debían retroceder todos, ya que el fuego podía cercarlos, los enemigos hicieron lo mismo, protegidos por los altos pastizales se perdieron en la nada.

El golpe fue certero y los tomó por sorpresa, había muchos heridos, pero sobre todo, el humo había hecho estragos en las filas. **Mixcoatl** ordenó replegar las fuerzas, el contingente de **Acozac** tomaría la delantera, **Xolox** seria pasado a la retaguardia para que descansaran un poco, las fuerzas salvajes también retrocedieron, tanto que los rastreadores no encontraban sus huellas, era como si hubieran desaparecido. Todos quedaron perplejos no podía ser, además los escudos y armas que usaban, eran del todo desconocidos para ellos, reinó el silencio. Al fin **Mixcoatl** ordenó avanzar a los rastreadores, irían en varios grupos a cierta distancia, no les volverían a caer por sorpresa, todos estaban preparados.

Pero eso fue solo el principio, los caballeros águila lograron ver el ejército enemigo a lo lejos, este solo había sido un primer choque, reagruparon sus fuerzas, avanzaron poco a poco.

Los caballeros águila, desde los palos altos observaban los movimientos del enemigo, se contaban por cientos o tal vez miles, de hecho había algo raro en ellos, no se agrupaban como los ejércitos que acostumbraban combatir, era algo que ponía nerviosos a todos, esa forma de lucha era completamente desconocida, además sus armas eran muy diferentes, tal vez eran nómadas venidos de las tierras del norte, de donde todos los grupos habían salido, no lograban descubrir a los jefes de sus clanes, todos parecían iguales, al filo del atardecer observaron cómo avanzaban los grupos enemigos hacia ellos.

Acozac pidió a los caracoleros toque de advertencia, los caracoles retumbaron con toda su fuerza, el alto concejo de guerra se aprestó para la batalla, todos los comandantes águila y jaguar alistaron sus contingentes, colocándose al frente de las huestes enemigas, una andanada de flechas surcó el cielo, ensombreciendo la visión, a lo cual se cubrieron con los gruesos escudos, el griterío marcó el inicio de la batalla.

Las fuerzas enemigas entraron con muchísima fuerza, tomando por sorpresa a los teotihuacanos, quienes se replegaron pero solo un poco, las técnicas de batalla aprendidas por siglos, surgieron efecto y poco a poco fueron reponiéndose, lograron replegar algo a sus enemigos.

La batalla comenzaba a tomar forma. Desde puntos altos los caballeros águila checaban el terreno y veían las debilidades y fuerzas del enemigo, en un contingente, guerreros con **Tepoztopilli,** o lanzas puntiagudas tratarían de penetrar por en medio del ejército enemigo.

A los lados, poderosos guerreros jaguar buscarían la forma de aplastar al enemigo, con sus **Makuahuitl,** armas muy poderosas que noqueaban a sus adversarios rápidamente, o los desangraban con sus lacerantes filos, los guerreros jaguar eran el grueso de la compañía, eran los guerreros que entraban en las filas enemigas de una manera rápida y fulminante, avanzaban golpeando al enemigo, penetrando como un cuchillo filoso, no les importaban si mataban o no.

Los seguían otros, los caballeros jaguar de más alto rango, que eran más fuertes y hábiles, se encargaban de dirigir al grupo de guerreros y los caballeros águila eran los generales que desde posiciones altas, llevaban el control de la batalla, se subían en palos largos que sus ayudantes colocaban como escalera, en cuestión de segundos y daban las ordenes por sonidos del caracol, eran como una máquina perfecta de precisión, cada uno sabía lo que tenía que hacer en determinado momento, pero sobre todo, se tenían una gran confianza entre sí, sabían que estaban protegidos tanto por el compañero que tenían al lado, como por los que venían detrás de ellos, actuaban salvajemente pero certeros y fríos.

No daban golpes a lo loco, sabían cómo pegar y como defenderse, porque desde niños habían entrenado para eso, no tenían piedad ni crueldad, no mostraban sus emociones, sus rostros duros y fríos espantaban a sus enemigos, quienes al verlos frente a frente en la batalla, recibían la chispa de quien mira a una serpiente, en el momento preciso en que va a dar la mordida, sigilosa y rápida, con razón decían que su Dios principal era la serpiente emplumada **Quetzalcoatl**.

La batalla continuaba dura y áspera, **Acozac** veía una facilidad enorme de que su ejército ganara, cada vez fueron teniendo más confianza, sin embargo a un estridente sonido de caracol que provenía del ejército enemigo, estos se replegaron hacia el bosque cercano, era lógico que no ganarían, tal vez sus jefes previendo una catástrofe decidieron replegarse y huir, dejando a sus heridos donde estaban, aquello era una locura, dejó al ejército teotihuacano perplejo, "jamás esperaba que el enemigo corriera a media batalla", pensó **Acozac**, decidido ir por ellos y aplastarlos.

Sin embargo, desde un punto alto **Mixcoatl** le ordenó que no, que se replegara también, ya que podía ser una trampa, **Acozac** a regañadientes ordenó también a sus hombres que se replegaran, la segunda batalla había terminado, dejando muchísimos heridos y muertos por ambos bandos, aunque el rostro sonriente de los teotihuacanos determinaba victoria, sabían que esta estaba lejos de conseguirse.

19 La princesa prisionera

En la ciudad, el pueblo se dividía en dos partes, la mayoría que estaba a favor del emperador **Tecalco** y quienes se adherían al bando de **Itzcóatl**, que por cierto no eran pocos, ya por sumisión o por miedo. Gran parte de ellos por codicia, porque el sumo sacerdote les había prometido riquezas, pero los más por ignorancia, eran quienes realmente creían en lo que **Itzcóatl** decía, gente que obedecía los designios de los dioses, aunque estos fueran mal interpretados.

Y los acontecimientos recientes, generaban más adiciones al bando de **Itzcóatl,** sin embargo se dividían familias, amistades y clanes, en todos lados se observaban acaloradas discusiones, en las calles, dentro de las casas, en los mismos templos, una guerra civil se gestaba, pero nadie se daba cuenta, nadie podía prever lo que pasaría, aquella ciudad, que fue fundada con el noble y generoso propósito de que todos fueran iguales ante los Dioses, de repente se polarizaba, y como en toda discusión, unos y otros decían tener la razón, sin embargo la ruptura ya se vislumbraba en esta ciudad maravillosa, que era un intento a la utopía e igualdad, donde tal vez, nunca más volverían a caminar los Dioses

Itzcóatl tenía todo preparado con exacta meticulosidad, según él, todo se tenía previsto, sabía que **Tecalco** podría salvar a su hija haciendo un trueque o un artilugio a las leyes tradicionales, era cuestión de controlar a los concejales, además estaba seguro que el Concejo de Nobles apoyaba a **Tecalco**, por eso siempre se adelantaba a los hechos.

Un grupo de sacerdotes arribaría a los aposentos de las doncellas y tomaría tres a la fuerza, pero una de ellas tenía que ser la princesa **Quetzalli**.

Al principio, los sacerdotes-guerreros se turbaron, era inconcebible, apresar a la hija del emperador, precisamente ella, que era una de las princesas más queridas, admiradas y respetadas por el pueblo, nadie admitiría esa aberración.

La ira de **Itzcóatl** llegó a su máximo, cuando sus órdenes fueron cuestionadas.

— ¡Estúpido! —Grito a su general de más confianza, que era el encargado de cumplir sus órdenes —, crees que no lo he pensado, pero los Dioses están de mi lado, la furia de la naturaleza también, no hay poder alguno que se oponga a mis deseos.

Casi en un susurro continúo hablando para sí mismo

— ¡Es la fecha anunciada! Los designios, todo me favorece, he luchado tanto tiempo por este momento, al fin los sueños que por tanto tiempo estuve preparando, llegan a su culminación, en poco tiempo, seré emperador, todos se rendirán ante mi poder.

Al volver a la situación les gritó a sus hombres.

— ¿Qué hacen ineptos? ¡todavía están aquí!

Ya no esperaron a escuchar sus maldiciones, inmediatamente salieron despavoridos, aunque no muy convencidos de sus órdenes, pero eran guerreros, no cuestionaban, solo cumplían.

La tradición decía, que si el dios **Popocatépetl** se enojaba bastante y rugía fuerte, haciendo temblar la tierra como en aquella ocasión, solamente la sangre pura y noble podría calmar su sed.

Itzcóatl estaba seguro que podría manipular al pueblo, para que pidiera la sangre de una princesa, ¿Y quién mejor que **Quetzalli**? Aunque sabía que ella era muy querida, no solo por su belleza, más bien por lo generoso de su persona, siempre se encontraba ayudando a la gente más necesitada del pueblo. Además las ceremonias donde ella participaba, eran las más vistas y que llamaban más la atención, por eso era la preferida para presidir las ceremonias más importantes, por lo tanto la gente se opondría a que la sacrificara, pero aunque fuera a la fuerza, sofocaría cualquier revuelta que se opusiera a sus planes. Estaba dispuesto a todo ¡Jamás nadie, lo volvería a detener! ¡Ya no sería el segundo!

Sus pensamientos lo hacían soñar se veía ya siendo ungido emperador.

Zeltzin observó cuando la guardia personal del sumo sacerdote entraba violentamente, trato de cerrar la puerta, pero no pudo contener a guerreros más fuertes que ella, todo pasó tan rápido, en pocos segundos se dio cuenta como **Quetzalli** y otras dos doncellas eran apresadas a la fuerza, llevadas al palacio del sumo sacerdote.

La dignidad de **Quetzalli** sobresalía de entre todas, de hecho los sacerdotes respetuosamente le dijeron que los acompañara, ella asintió y solo alcanzó a decirle a **Zeltzin.**

— ¡Avísale **Zeltzin** dile que lo amo! Tú sabes a quien, tienes que entregarle el paquete.

Los sacerdotes guerreros, trataron de atrapar a **Zeltzin** pero esta se defendió, salió corriendo hacia el otro lado de los aposentos, sabía qué hacer en esos momentos, recordaba los juegos de las princesas, los lugares escondidos de aquel palacio, los túneles secretos, los sacerdotes guerreros la seguían, tratando de atraparla, pero ella era más rápida, una intrincada red de pasadizos le facilito la huida.

Se escapó por uno de los túneles que conducían al patio trasero del edificio, desde ahí saltó, sintió un dolor agudo en su tobillo, pero no le importó, como pudo siguió corriendo y se perdió entre los matorrales, los sacerdotes-guerreros dejaron de perseguirla, no era importante, según creyeron.

Para ellos las órdenes se referían exclusivamente a la princesa **Quetzalli,** por tanto se retiraron con sus prisioneras. Obviamente, no le contarían nada a **Itzcóatl** sobre la princesa fugitiva, no la creían tan importante como para soportar una reprimenda, o incluso la muerte, además **Itzcóatl,** se encontraba demasiado ocupado resolviendo otros asuntos. ¡No! definitivamente decidieron no avisarle.

Las princesas fueron conducidas al palacio de **Itzcóatl,** la multitud que las veía pasar no decía nada, solo se retiraban del paso de la guardia, aunque les extrañaban los sollozos de las otras doncellas, sin embargo nadie dijo nada, ni preguntó nada, aunque tampoco el hecho les pareció anormal, las princesas por lo regular eran escoltadas de esa forma para las ceremonias.

Zeltzin escondida observo cómo se llevaban a su amiga, sintió pánico, quiso llorar, pero la vida de su amiga estaba en sus manos, no le fallaría, aunque no tenía idea de lo que pasaba, se imaginaba que los planes de **Itzcóatl** eran siniestros, recordaba lo que le había platicado la princesa **Quetzalli,** de lo ocurrido con el sumo sacerdote, sintió escalofríos, tal vez él la quería como rehén y poder casarse con ella a la fuerza.

Aunque no lo sabía, el destino de **Teotihuacán** estaba en sus manos, los guerreros debían saber lo que estaba ocurriendo ahí, necesitaba actuar rápidamente, pero qué podía hacer, en esos momentos pensó que estaba sola, nerviosa, sin saber qué hacer, miraba para todos lados, tratando de encontrar una solución, al fin se acordó de que conocía a alguien de confianza, lo suficientemente capaz de hacer el largo viaje, también estudiaba para guerrero, aunque era muy joven, no dudaría ni un momento en ayudar a sus amigos **Acozac** y **Xolox,** pero sobre todo a **Quetzalli,** a escondidas se encamino al **calmécac.**

20 ¿Dónde está el enemigo?

Durante la travesía, **Mixcoatl** seguía pensando cómo era posible que el ejército enemigo desapareciera tan rápido, era algo increíble, hasta místico, pero él estaba seguro de lo que vio era un ejército grande. Como podía desaparecer tanta gente al mismo tiempo. El general mandó rastreadores hacia el bosque, lo atravesaron de lado a lado y nada, más allá del bosque sobre el lado poniente, había un desfiladero grandísimo, al cual no se le veía el fondo. A menos que todos cayeran ahí lo cual era improbable, porque eran sus tierras y debían conocerla como la palma de su mano, más bien sabían de pasajes secretos o escondites, que pudieran pasar inadvertidos para sus rastreadores, lo cual también parecía algo improbable. Pensaba el general que el ejército enemigo debía estar escondido en algún lado, que los atacarían en la noche tomándolos desprevenidos, debía redoblar guardias, poner en alerta a todo su ejército.

La batalla para ellos, que se encontraban acostumbrados a duros combates, resultó muy fácil, solo una escaramuza pensaban todos, sin embargo algo raro pasaba, el ejército más numeroso, jamás reunido antes, no tenía un rival como el que esperaban, el general **Mixcoatl**, estaba confundido, según los informes que les habían dado, las fuerzas a las que se enfrentarían debían ser muy superiores a esta, ¿Habría otro ejército escondido?

Tal vez, esperaban agazapados a que se distrajeran, decidió mandar a los rastreadores a que investigaran nuevamente, esta vez, los mando más lejos y en todas direcciones, los enemigos deberían estar en algún lado. ¡Los encontrarían aunque fuera debajo de las piedras!

Los pocos prisioneros que habían quedado no sabían nada, simplemente decían que, los teotihuacanos estaban enloqueciendo, querían destruir toda la tierra del **Anáhuac** y esclavizar a todos los pueblos de las regiones de **Cholollan.**

Aunque muchos de ellos hablaban de una manera que no comprendían, los escudos y armas que tenían eran muy diferentes

¿Podría tratarse de algún ejército de las tierras del norte?, además hablaban de lugares lejanos que ellos no conocían, lo cual les hacía pensar que eran tribus nómadas, contratados tal vez por la ciudad de **Cholollan**, pero lo cual los llevaba a una interrogante más grande. Una ciudad dedicada más bien, a las cuestiones espirituales, respetada por esos atributos, ¿Cómo se había convertido en una ciudad que provocaba la guerra?

Por más que lo pensaban, a cada paso salían más interrogantes, además las exploraciones que se realizaron a las tierras altas, llegaban a desiertos donde era poco probable que existiera alguna ciudad avanzada, pero ellos hablaban de algún señor poderoso que había quemado sus casas y esclavizado a su pueblo.

Los dirigentes del ejército se miraban perplejos, ¿Que tonterías decían estos tipos?, tal vez, el clamor de la guerra les había quitado el juicio.

Pero tal vez tenían razón, algún cacique poderoso se estaba adueñando de las tierras altas, tendrían que averiguarlo, pero mientras tanto, tenían que resolver este problema.

Aunque nadie se explicaba nada, ya para muchos de ellos, aquello era una trampa en sí, nadie aportaba una solución, el problema era que, llevaban ya varios días de camino, las ordenes que les dieron era imponer la paz y esclarecer los asesinatos de los sacerdotes, además de restablecer las rutas de comercio, de lo cual nada se lograba aun. De hecho el ejército con el que habían peleado al principio, ya no aparecía por ninguna parte.

Los rastreadores regresaron, no encontraron nada en leguas a la redonda, no se tenía nada que dijera que hubiera un ejército más poderoso. **Mixcoatl** decidió continuar, no podían acampar en este lugar, era inseguro, dio órdenes de curar a los heridos más graves en el momento, pero debían seguir hasta encontrar un lugar adecuado, para hacer un recuento de bajas y poder descansar, la ciudad de **Cholollan** no se encontraba ya muy lejos, pensaba en lo que ocurría, tal vez los Dioses protegían a la ciudad mística, para ellos supersticiosos como eran, eso significaba un mal augurio, tal vez no deberían haber venido a este lugar, en esos términos, **Xolox** y muchos de los jefes de contingente se daban cuenta de esos hechos, los guerreros hablaban entre ellos, aunque obedecían órdenes sin rezongar, los generales sabían que una tropa así, no era muy segura, **Mixcoatl** también lo sabía, pero su propósito era llegar a la ciudad, en ese momento decidiría el concejo de guerreros, así que continuaron el penoso recorrido, con esos pensamientos sombríos que los acompañaban como el humo denso de las fumarolas del poderoso **Popocatépetl**.

21 Tecámac, la boca de piedra

Zeltzin mientras tanto, cambió sus ropas de princesa por ropas comunes, disfrazada, ocultándose, usando los atajos y callejones de la ciudad, para no ser detectada por los sacerdotes guerreros, buscó a un joven guerrero llamado **Acatzin**, quien era amigo de **Acozac** y **Xolox**.

Acatzin no fue convocado al ejército, debido a que no terminaba aun sus estudios, pero tenía una cualidad, era muy veloz, podía viajar por largos periodos de tiempo sin cansarse, por tal motivo, en varias ocasiones fue escogido como mensajero del emperador.

Zeltzin se alegró al mirarlo, le habló, pero **Acatzin** no la distinguía, volvió a intentarlo, agitó su mano tratando de no llamar la atención de los demás, finalmente la reconoció, se extrañó de sus vestimentas

— ¿Princesa **Zeltzin**, porque vienes en esas ropas?-. Le preguntó-. ¿Qué te sucedió?

Zeltzin nerviosa trataba de contarle rápidamente, lo que había pasado en los aposentos de las doncellas, que sacerdotes-guerreros, a las órdenes de **Itzcóatl,** detuvieron a la princesa **Quetzalli,** ahora era prisionera con otras dos princesas, y que ella había logrado escaparse para buscar ayuda.

Acatzin se quedó un momento reflexionando las palabras de **Zeltzin,** en toda la ciudad las noticias y los rumores que corrían de boca en boca, a veces eran contradictorios, había mucha confusión.

—Entonces los rumores son ciertos —dijo **Acatzin** —los rumores de las princesas prisioneras.

—Sí, yo estaba con ellas cuando fueron detenidas.

— ¿Y entre ellas estaba **Quetzalli**?

— ¡Sí, te lo acabo de decir! ¿Por qué lo preguntas?

El semblante de **Acatzin** se ensombreció de repente, solo alcanzo a decir torpemente, al comprender las consecuencias.

—Maldito **Itzcóatl** —dijo con voz tenue—, se rumora que él tiene prisioneras a tres princesas, que está pidiendo el sacrificio sublime al concejo de sabios, entonces él quiere sacrificar a la princesa **Quetzalli**.

Zeltzin gritó angustiada al comprender lo que **Acatzin** le decía.

— ¡No puede ser! ¡Tenemos que ayudarla **Acatzin!**, **Quetzalli** me dijo que **Itzcóatl** la tenía amenazada, que intentó violarla, que amenazó con matar al emperador.

— ¡Maldito cobarde! —dijo **Acatzin**.

—Ella no había querido decirle nada a su padre el emperador, para no causarle más problemas.

— ¿Qué podemos hacer? — Preguntó **Acatzin**—, no podremos rescatarla nosotros solos. Son demasiados los seguidores de **Itzcóatl**. Necesitaremos ayuda.

—Piensa **Acatzin** algo podemos hacer, algo para ayudar al emperador, mientras regresa el ejército.

—Sí, claro, tenemos muchos amigos en el **Calmécac** —dijo **Acatzin** — ¿Tal vez podrían ayudar? , aunque son jóvenes, la mayoría conoce a **Acozac**, a **Xolox** y sobre todo a **Quetzalli.** Yo creo darían su vida, con gusto por ella.

—Por lo pronto —le dijo **Zeltzin**—, tu eres el único, que puede entregarle un mensaje al general **Mixcoatl**, para que regresen inmediatamente a **Teotihuacán** y salven a la princesa, si **Itzcóatl** piensa sacrificarla pronto, tendrá que ser en la próxima ceremonia de la luna nueva, faltan varios días para eso, lo cual nos da un poco de tiempo.

—Tienes razón —dijo **Acatzin**—, saldré de inmediato, solo espero que los guardias del sumo sacerdote no me atrapen al salir.

—No te preocupes, te ayudaré —dijo ella—, primero cámbiate tus ropas, además tengo algo más importante que decirte.

Ella le entrego un paquete pequeño, con instrucciones precisas de a quien dárselas, y el mensaje para el general **Mixcoatl.**

Más tarde, como **Acatzin** predijo, todos los estudiantes guerreros del **Calmécac,** eran leales al emperador, lograron formar un pequeño ejército, que en un momento dado, pelearía de ser posible, para detener lo más posible los planes de **Itzcóatl,** mientras **Acatzin** llegaba a su destino.

Ambos salieron sigilosamente del escondite, que servía de cuartel al pequeño ejército juvenil recién formado, la gente al verlos no los reconocía, solo a un guardia del sumo sacerdote, le pareció raro ver a una mujer de piel tan cuidada, con ropas sucias y harapientas. Pero una pelea en el tianguis desvió su atención, caminaron por la calzada grande, la que llamaban de los muertos, sin ser tomados en cuenta.

La mayoría de la gente estaba inmiscuida en sus asuntos, grandes discusiones acaloradas, polarizaban la opinión pública, eso precisamente les ayudó, cerca de la entrada de la ciudad, un retén del sumo sacerdote impedía entrada o salida de cualquier persona, largas filas de viajeros y comerciantes molestos, discutían con los sacerdotes-guerreros, aprovechando esto, decidieron escabullirse a unos matorrales lejanos, pero para su mala suerte, alguien alcanzó a verlos a la distancia, les gritó algo, pero ellos corrieron sin voltear atrás.

La guardia los persiguió un buen trecho, pero **Acatzin** corría fuerte, ni las flechas lograron alcanzarlo, **Zeltzin** se fue rezagando, **Acatzin** alcanzó a ver cómo la guardia del sumo sacerdote la atrapaba, al principio trato de ayudarla, pero lo pensó mejor, ya nada podía hacer, siguió corriendo hasta ver que estaba seguro, desde muy lejos observo la valentía de **Zeltzin,** el futuro de **Teotihuacán** estaba ahora en sus manos, pero sobre todo, la vida de la princesa **Quetzalli.**

Zeltzin había tropezado y fue apresada por la guardia del sumo sacerdote, pero trato de oponer mucha resistencia, desviando la atención de los sacerdotes, para que **Acatzin** lograra escapar, uno de los guardias le dijo.

—Cálmate princesa, tú no serás sacrificada, ya tenemos a las candidatas, pero tú, nos ayudaras en la ceremonia.

Ella abrió mucho los ojos al comprender lo que pasaba, la risita del guardia le dio asco y le escupió en la cara. Él trató de golpearla, pero contuvo su ira, sabía que **Itzcóatl** lo mataría, si algo le pasaba a la princesa, como siempre, el sumo sacerdote lo sabía todo. El sacerdote-guerrero observo que alguien corría a lo lejos, pero no le pareció importante, hablo con sus subordinados, ganarían muchos puntos ante **Itzcóatl,** por entregarle a la princesa **Zeltzin,** aunque no le mencionaría que iba acompañada, menos que ese acompañante logró huir, solo de pensar que podría perder la vida le dio escalofríos, el silencio era lo mejor en esos momentos. Sin embargo era muy profesional, ordenó a tres de sus mejores guerreros que siguieran al desertor, y lo mataran de preferencia.

    Zeltzin por su parte, ya no ofreció resistencia, pensó que tal vez eso sería lo mejor, así podría estar cerca de su amiga y quizás en cualquier momento ayudarla a escapar, no sabía cómo, pero algo se le ocurriría, ya no era la princesa tonta y sumisa. **Quetzalli** le había enseñado mucho, era hora de pagarle todos sus consejos, no la dejaría sola, ayudaría en todo lo que pudiera a su amiga. Lo más importante lo había hecho, logro crear una red de jóvenes leales al emperador y al ejército, que ayudarían a los guerreros cuando regresaran, todas sus esperanzas estaban puestas en **Acatzin** y en los jóvenes guerreros de los **Calmécac** de la ciudad

    Acatzin el mensajero, tuvo que sortear muchos peligros para salir de la región, pues esta se encontraba sitiada, además que se dio cuenta que lo seguían, sintió miedo, no de perder la vida, ya que era muy valiente, más bien de que su objetivo no fuera logrado, no podía fallar. Primero corrió presuroso a la zona de cerros, en la región de los árboles de punta de flecha, pero lo medito y decidió rodear, para llegar a la zona del lago de **Xaltocan,** conocía muy bien la región, tenía amigos en el **calmécac** que procedían de esa zona, aunque sabía que la mayoría de los pueblos de la zona, se había hecho hacia el lado de los sacerdotes, que en ese momento dominaban toda la ciudad. Sabía también que **Itzcóatl** no era popular en esas regiones, que lo odiaban por subir los impuestos a niveles exagerados.

Pasó por los pueblos de **Acolman** y **Nepantla** continuo hacia **Texcatitla** y **Azcatepec**, solo, sin atreverse a entrar directamente en los pueblos, pasaba a un lado de ellos, con los tres guerreros del sumo sacerdote siguiéndole de cerca, eran muy buenos rastreadores, por mucho, que intentó escabullirse y dejar pisadas falsas, no lo perdían mucho tiempo, así que decidió hacerles frente.

Debido a que la mayoría de los soldados partió a la guerra, los pocos que quedaban eran la guardia del emperador y de los sabios, pero fueron doblegados por los sacerdotes, que también eran guerreros. Y muchos habitantes de esas tierras, también se habían unido al ejército, cerca de la ciudad que llamaban "de la boca de piedra" o **Tecámac**, fue sorprendido por un grupo de guerreros desconocidos, al percatarse de su presencia lo rodearon, él, al verse superado trató de razonar con ellos.

— ¿Quién eres tú? ¿A qué clan o familia perteneces? —, le preguntó el que parecía estaba a cargo del grupo.

—Mi nombre es **Acatzin,** mensajero del emperador de **Teotihuacán**, con una encomienda muy importante, os pido ayuda en nombre del gran **Tecalco.**

Los guerreros hablaron en voz baja entre ellos, **Acatzin** sabía también, que la familia del emperador procedía de esas tierras, parecía que estaban indecisos, lo miraban con desconfianza, pensaban que era muy rara su indumentaria, no parecía mensajero, para nada.

—Soy estudiante del **Calmécac** pero el sacerdote **Itzcóatl**, con la ayuda de los sacerdotes-guerreros, tomaron preso al emperador, además que quiere sacrificar a la princesa **Quetzalli**.

— ¿Creo que te conozco?-. Dijo uno de ellos al fin-. Mi hermano **Enhac** estudia contigo. Y parece ser, que lo que dices, confirma los rumores que han llegado a nuestras tierras, con gusto ayudaremos a nuestro emperador.

—Sí, me acuerdo bien de **Enhac**, es de la familia de **Atlaltongo** —dijo **Acatzin** sonriendo. De hecho él y varios valientes estudiantes del **Calmecac,** le harán frente a **Itzcóatl,** mientras regresa el ejército.

—Bueno puedes entrar a nuestro pueblo **Tecámac** y descansar.

— ¡No!, me siguen guerreros del sumo sacerdote, deben estar cerca.

—No te preocupes nosotros los detendremos-. Dijeron los de **Tecámac**.

—Preferiría seguir mi camino, si no les ofende que rechace su invitación.

—No te preocupes **Acatzin**, te daremos provisiones y armas, también despreocúpate de los guerreros ya fueron localizados, continua tu camino. Nosotros nos apresuraremos a ayudar a los estudiantes del **Calmecac**.

El mensajero sonrió agradecido, varios de los guerreros le dieron los alimentos que llevaban consigo, flechas de repuesto, agua y víveres para su viaje, se despidió de ellos agradeciéndoles los favores recibidos, a lo lejos observo como otro grupo de **Tecamaquenses** había capturado a los guerreros sacerdotes, sintió pena por ellos, era conocido por todos, que los **tecamaquenses** eran muy salvajes con sus enemigos, continuo su camino con más confianza, la vida de las princesas y del emperador **Tecalco** estaba ahora en sus manos, sintió mucho miedo por el peso que llevaba encima, pero podía más su coraje, sacó fuerzas desde lo más íntimo de su corazón, para no desfallecer, el viaje era largo, pero confiaba en llevarlo a cabo, en varias ocasiones ya lo había recorrido, pues era su trabajo, sin embargo en esta ocasión, tenía que ser más veloz, la ciudad de los Dioses se entristecía, cada vez más, el ocaso y la guerra civil ensombrecían el ambiente, solo una ligera esperanza un rayo de luz era transportada por ese muchacho.

22 Cholollan

La inmensa pirámide apareció de pronto, con la grandeza de siempre, **Cholollan** los miraba a lo lejos, desdeñosa, magnifica, sin embargo a quienes la conocían, algo no les agradaba, era el silencio sepulcral.

Como **Teotihuacán,** esta era una ciudad cosmopolita, llena de gente, a toda hora de todos los días del año, al igual que aquella, las ceremonias jamás se detenían. Pero el silencio era abrumador, los caminos desiertos, ninguna persona entraba, ni salía, ¿Qué era lo que pasaba?, nadie lo sabía con certeza, tomaron muchas precauciones, el general **Mixcoatl** ordenó acampar en una colina cercana y estar preparados para cualquier contingencia. Mandó a un grupo de embajadores a la ciudad, lo cual sirvió para relajar los ánimos de los guerreros, ya que para todos era lo más sensato y justo, además que sin la presión de **Itzcóatl,** meditaban bien los pasos a seguir.

Lo único cierto era, que todos se encontraban muy nerviosos, ni la lluvia, ni el frío que calaba hasta los huesos, ni el sol abrazador, lograban hacer mella en estos fieros guerreros. Pero la vista de la gigantesca pirámide de **Tlachihualtepec**, mística y divina, que a pesar de la lejanía, se veía nítidamente debido a su magnitud, a su grandeza, ¡Eso si les causaba aprensión!, todos la miraban intrigados, ¿Cómo era posible que fuerza humana la hubiera construido? aunque **Teotihuacán** era muy bella y las pirámides que ahí había eran enormes, ninguna le igualaba en grandeza a la pirámide de **Tlachihualtepec**, además, se decía que solo era la principal, ya que existían cientos de pirámides en la zona, pero más pequeñas.

Aunque la grandeza era realmente un efecto óptico, ya que los constructores hábilmente escogieron un cerro y lo fueron forrando de piedra, en etapas, de tal forma que parecía una pirámide de proporciones gigantescas, no se conocía su edad, pero todos los pueblos reconocían a esta pirámide y su ciudad, como el centro de la espiritualidad, desde su creación, fue grande la influencia que condiciono en todos los pueblos de la región, que adoraban al poderoso dios **Tláloc.**

El concejo de guerra, presidido por el general **Mixcoatl** y los caballeros de más alto rango, deliberaban los pasos a seguir, luchar contra un ejército enemigo, por muy numeroso que fuera, era una cosa. Pero sitiar una ciudad, de la magnitud de **Cholollan,** era otra muy diferente, necesitarían varios días, semanas o incluso meses de asedio, además, un hecho contundente era, que no llevaban suficientes provisiones, no estaban preparados para semejante lucha. Debían actuar con cautela, pero sobre todo, con diplomacia, tratar de cualquier forma o medio, que este asunto quedara arreglado rápidamente.

Xolox pidió la palabra, explico que a él, todo esto le parecía una farsa, el ejército contra el que se habían enfrentado, no le era tan poderoso, además no había notado los escudos e insignias de las regiones de **Cholollan**, él había estudiado ahí, todos sonrieron con aquella aseveración, ya que la mayoría de ellos, en algún momento habían pasado por ahí, además a pesar de la grandiosidad de la pirámide y la ciudad, nunca había mirado tantos guerreros, ni siquiera una quinta parte de los que vivía en **Teotihuacán**.

Una voz dijo que los escudos eran tlaxcaltecas, varios asintieron, pero nadie lo pudo asegurar, porque estos desaparecieron rápidamente, aunque **Mixcoatl** checó algunas armas que les quitaron a los prisioneros y a los muertos del ejército contrario, realmente le parecían raras. Para todos era conocida también, la fiereza de los guerreros tlaxcaltecas, aunque la mayoría de los generales de alto rango, sabía cuál era la debilidad de esos pueblos, que era la falta de unidad bajo un mando fuerte, todos los pueblos eran muy regionalistas, no había surgido un líder capaz de unir toda esa fuerza, afortunadamente para **Teotihuacán,** las regiones de la meseta y los lagos. Pero en el momento en que pasara algo así, que se unieran, de la región tlaxcalteca surgiría un imperio poderoso e invencible. Porque algo era seguro, esos guerreros peleaban hasta morir, jamás se rendían o huían de la batalla, lo cual planteaba otra incógnita, ¿De dónde venía ese ejército con el que pelearon?

El general **Mixcoatl** concluyó, que lo más sensato, era esperar a los embajadores y tratar de lograr un acuerdo de paz, todos asintieron unánimes, a pesar de ser guerreros fuertes y valientes, la guerra no era una pasión para ellos, lo hacían para defender a su tierra, su pueblo, sus familias, lo más importante era poder mantener la paz que anhelaban todos.

Un guardia avisó que regresaban los enviados de la ciudad, los acompañaban señores principales de esta, todos se prepararon para el recibimiento, el ambiente era tenso.

Observaron la procesión de los señores principales de **Cholollan**, se sabía que en la ciudad había diez señores principales, los cuales, controlaban las diez regiones o barrios de la ciudad, pero solo dos de ellos, llevaban el poder absoluto en casos de suma urgencia, y esta no era la excepción.

La procesión era solemne y mística, la riqueza, el bordado de sus túnicas, contrastaba con la vestimenta sencilla, rígida de los guerreros, sin embargo estos se impresionaron más, por el porte divino que emanaba de aquellos, que por la magnificencia de sus vestiduras.

Ese era el motivo que el sabio **Iztacoyotl** más temía, los mejores sacerdotes se preparaban en ese lugar, era una ciudad mítica para muchos, merecía respeto tan solo con nombrarla, **Cholollan** era conocida hasta los mismos confines del **Anáhuac,** más allá de las tierras del **Mayab,** además de producir sacerdotes, también tenían una maravillosa orfebrería, copiada por todos, pero nunca igualada por alguien.

Al llegar los señores principales, fueron presentados como **Aquiach y Tlaquiac**, por sus propios sirvientes, de hecho todos sabían, que realmente no eran esos sus nombres, más bien eran el poder que representaban, hicieron una reverencia ante los generales y comandantes del ejército teotihuacano, a sus vez, estos correspondieron con otra reverencia no menos significativa. Los señores **Aquiach y Tlaquiac** ofrecieron agua, frutas y comida, que llevaban sus sirvientes, pero el general **Mixcoatl** alzó la mano antes de aceptarla, el silencio era absoluto, dijo en voz alta.

—Señores principales **Aquiach y Tlaquiac**, solemnes sabios y regidores de esta región, yo el general **Mixcoatl** comandante supremo de este ejército, hablo en nombre de nuestro sublime emperador **Tecalco,** quien gobierna nuestra maravillosa ciudad de **Teotihuacán** ¿Saben cuál es la causa de nuestra llegada a estas tierras, místicas divinas y venerables?

Ellos no contestaron de momento, solamente se miraron uno al otro, como si adivinaran sus pensamientos uno de ellos se retiró ligeramente, el otro habló con voz firme y poderosa.

—No, hermano general **Mixcoatl,** de hecho nos extraña su presencia, hemos tenido noticia de su peregrinaje, desde la salida de sus regiones y nos hemos hecho esa pregunta mil veces.

El que se había quedado atrás avanzó, con voz igual de potente y solemne dijo.

— ¿Cuál es el motivo de que un ejército tan poderoso se encamine a estas tierras de paz? ¿Acaso el pueblo Teotihuacano, el Concejo de sabios, o el prudente **Tecalco,** tienen algún motivo más poderoso, que nuestra amistad y nuestra hermandad en **Tláloc** y **Quetzalcóatl**? ¿Es acaso su peregrinar un motivo de conquista o exterminio?

Parecía que se turnaban para hablar y sabían exactamente lo que decían uno y otro.

—Pero no llegamos —dijo el primero—, a una respuesta acertada ni convincente, sugiero que soseguemos nuestros ánimos, nos sentemos a un dialogo abierto y sereno. Ahora comprendemos, que su motivo no es en plan de conquista, ni guerra. Como ustedes podrán observar, nuestra ciudad tampoco está armada, ni preparada para una guerra, seamos sensatos, dejemos que los Dioses nos iluminen, en esta contrariedad.

Mixcoatl volvió la vista a sus generales, quienes le dieron su aprobación, por tanto, ordenó descanso a su guardia, sonriente aceptó la fruta que les servían los ayudantes de **Aquiach y Tlaquiac.** Todos suspiraron agradecidos, la tensión se disipó.

23 Ataque al emperador

El emperador meditaba con el concejo de Sabios, no permitiría que su hija fuera sacrificada, antes moriría él. Todos en el concejo pensaban lo mismo, solo planeaban la forma, para que legalmente se pudiera hacer un trueque y que el pueblo lo permitiera, pero lo malo es que **Itzcóatl** se opondría, era necio. Revocaría los mandatos porque según él, los Dioses así lo decían.

Si el emperador o el concejo lo decidían por ley, doblegarían las decisiones de **Itzcóatl**, el problema era que la gente lo seguía, creía ciegamente en sus designios y en estos momentos de pánico, sus órdenes eran acatadas por el pueblo, para el emperador y el concejo de sabios, sería demasiado peligroso someter a **Itzcóatl**.

Iztacoyotl el más sabio de los nobles habló claro.

—Debemos conservar la calma hermanos, sobre todo tu hermano emperador **Tecalco**, desde el principio de los tiempos, este alto concejo, ha gobernado prudentemente, en toda la historia de nuestra amada ciudad, nuestros antepasados así lo hicieron y los antepasados de ellos, la mayoría de nosotros, sabemos las leyes que rigen nuestro sistema, nuestras tradiciones, usos y costumbres, pero sobre todo los valores que preservan, nuestra ciudad ideal.

—La cual hemos construido desde hace cientos de años —agregó **Ehecatl** el más joven del concejo—. De acuerdo a las reglas dictadas por nuestros dioses, **Itzcóatl** a profanado el honorable y respetable rango de sumo sacerdote, todos aquí fuimos sacerdotes y guerreros, sabemos cómo interpretar los designios de los Dioses, nosotros mismos interpretamos las noches estrelladas, sabemos leer los mapas de las estrellas. Sabemos también, del descontento de mucha gente que piensa como **Itzcóatl**, y que en poco tiempo, se han alineado a su bando con la idea equivocada, de que la guerra, trae prosperidad, al tomar por la fuerza los bienes ajenos, o someter a pueblos vecinos.

Todos callaban atentos a sus palabras.

—Sin embargo, todos en este concejo, estamos de acuerdo en una idea diferente, hemos sido testigos de que los acuerdos de paz, que se han pactado con regiones poderosas y guerreras, con ciudades lejanas y comarcas prosperas, incrementando el comercio y la libre circulación de las mercancías.

— Además de los amados juegos de pelota, que se practican, hasta en los confines de la tierra, donde termina el **Anáhuac**. Y la mayoría de esta prosperidad, se ha dado bajo el régimen de nuestro hermano **Tecalco**, no debemos, hermanos míos, dejar que las locuras de **Itzcóatl** sigan dañando más nuestra ciudad, nuestro imperio, propongo que le sea derogado, el rango de sumo sacerdote, antes que lleve a la ruina a nuestra amada ciudad y derrame sangre inocente.

Las voces de aprobación resonaban en la sala, todos sabían, que de alguna u otra forma, se tendrían que enfrentar a **Itzcóatl,** lo sabían desde hacía mucho tiempo, a nadie le simpatizaba dentro del concejo, además, se tenía la idea que él, había asesinado a los anteriores emperadores. Sin embargo, nadie ha sido capaz de detenerlo, y no por tenerle miedo. Continúo hablando **Iztacoyotl**.

—Sabemos de muchos años atrás, que algo semejante pasaría con el divino **Popocatépetl**, jamás, se han sosegado sus rugidos por completo, sabemos lo que pasó en la ciudad de **Cui-Cuilco**, antes de llegar aquí. Nuestros antepasados, se comprometieron a cuidar esta región de nuestra hermana tierra, como a nosotros mismos —con voz potente dijo—. ¡Y no hemos cumplido!, destruimos los árboles, para fundir la piedra caliza y crear estas hermosísimos templos, pero a qué precio, la Diosa tierra, exige un pago por nuestro sacrilegio, y lo hemos de hacer. Pero no será, una amada doncella, querida, adorada y respetada por todo el pueblo, quien deba de pagar por nuestras culpas, además, hemos mandado a nuestro ejército a una guerra sin sentido, de la cual no sabemos exactamente como comenzó.

—Hermano emperador —dijo **Ehecatl**—. Nosotros hemos hablado, y en conclave, decidimos que, debemos salvar a las princesas, sin quebrantar las leyes, ni los designios de los dioses.

Tecalco suspiró aliviado, sabía que sus hermanos del concejo no lo dejarían solo, sin embargo no se confiaba, muchos de ellos le debían favores a **Itzcóatl,** y este no era de los que olvidaban fácilmente. Algunos se encontraban nerviosos y le rehuían la mirada, sin embargo no los culpaba, la serpiente negra les tenía amenazados.

De pronto, gritos y golpes se oyeron en la puerta, la guardia del sumo sacerdote entraba, se enfrentaba a la guardia del emperador. Los empujones y los golpes llegaron a su máximo apogeo, pero los guardias del sumo sacerdote los superaban en número y así la guardia del emperador fue rebasada, **Itzcóatl** apareció por la puerta en traje de alto ceremonial.

— ¿Cómo te atreves a interrumpir la sesión solemne del concejo? —Dijo **Tecalco**—. ¿Quieres acabar con nuestra ciudad, con nuestras tradiciones y costumbres?

— ¡No!, ¡Solo contigo! —contesto **Itzcóatl.**

— ¿Por qué esta traición a tu hermano, a tu pueblo?

—Yo debo ser el nuevo emperador, se necesita alguien poderoso, alguien como yo, que lleve a **Teotihuacán** a triunfos y grandezas nunca antes imaginadas. Porque en estos momentos, se encuentra dormida, por tu inactividad y desinterés de hacer, más grande este imperio.

El noble **Iztacoyotl** le replicó.

— ¿Qué pretendes **Itzcóatl**? No puedes apoderarte del trono así, jamás te será permitido, desde siempre, el Concejo de Nobles nombra su representante, es un alto honor a quien se nombra, a quien se elige emperador, pero esta persona solo sigue la política mandada por este noble concejo.

— ¿Noble concejo? — Preguntó **Itzcóatl** sarcástico—, más bien tibio concejo, en la última elección, les dije que yo era el indicado, que yo llevaría a Teotihuacán a logros de grandeza y riqueza inimaginables.

—No se trata de eso **Itzcóatl** —le dijo **Iztacoyotl** —, cuando nuestros antepasados llegaron aquí, se hicieron la promesa, de que todos seriamos iguales, que estaríamos en comunión con la tierra y los Dioses, nadie sería más que otro, viviríamos como una sociedad nunca antes vista, donde todos disfrutáramos por igual y eso precisamente, es lo que se ha logrado, no hay una ciudad más bella y grandiosa que **Teotihuacán** en todo el mundo conocido, ni siquiera en las tierras del **Mayab**, ninguna de sus ciudades, se pueden comparar a la nuestra, porque aun, con todos los errores que se han cometido, hemos sido fieles y leales a nuestro compromiso de mantener viva esta promesa. ¡Pero tú has roto esa promesa! a pesar de tu rango, ¡Deberás ser juzgado por eso!

—Además siempre te he amado —dijo el emperador **Tecalco**—. Eres mi primo y he soportado tus errores, ¿Cómo es posible que traiciones la amistad que te di? Dime ¿Por qué me odias tanto?

— ¿Y tú lo preguntas? —Dijo **Itzcóatl** — ¡Tú me has quitado todo lo que he querido! ¡Todo!

—Yo no te he quitado nada ¡Jamás!

— ¡Sí!, la mujer que amaba, **Xochiquetzal**

— No menciones su nombre, maldito —gritó el emperador —, ella y yo nos amábamos desde niños.

— ¡Mientes! si no hubieras ganado esa batalla, yo sería el emperador y ella se hubiera tenido que casar conmigo

—Pero no te amaba.

— ¡Calla o te mato en este instante! —Y dirigiéndose a los ancianos —. A ustedes se los dije, ancianos ineptos, que yo era el mejor y tal vez el único indicado para gobernar

— ¿Cómo puedes decir eso? —Preguntó **Iztacoyotl** —. Has mandado saquear las cosechas de los pueblos vecinos sin nuestro conocimiento. Has exigido tributo sin consultarnos. Pero te has equivocado y ahora hemos de pagar todo el precio, la ciudad será destruida, porque no supimos hacer frente a tu estupidez.

Y continuó diciendo.

-En este momento te destituimos del cargo de sumo sacerdote, ¡Deténganlo!

Nadie se movió, ningún ruido se oyó, solo la risa de **Itzcóatl** comenzó a escucharse, primero levemente, pero poco a poco se empezó a oír más fuerte, hasta llegar a ser, de una estridencia burlona, en el recinto la guardia del sumo sacerdote, quienes eran sacerdotes-guerreros había tomado partido, y sometieron a la guardia del emperador, ya que los superaban con mucho en número, **Itzcóatl** dijo.

— ¿Sabes quién tiene el poder ahora? Se quedaran aquí hasta que los mate a todos. O acepten coronarme emperador, eso será lo que decidan,

— ¿Y cómo pretendes decirle al pueblo que nos tienes prisioneros? —. Preguntó el emperador.

—No les diré nada, simplemente que ustedes siguen en reunión, que el pobre emperador no quiere ver morir a su hija

— ¡Jamás lo permitiré!, defenderé a mi hija y mi trono, con mi vida maldito —dijo el emperador **Tecalco.**

Abalanzándose hacia **Itzcóatl**, intento ahorcarlo, pero un fuerte golpe, lo paró en seco, como una serpiente negra, **Itzcóatl,** dio un golpe certero, **Tecalco** sintió lo filoso de la daga penetrando en su costado, **Itzcóatl** sonreía perversamente, el emperador dio un grito ahogado, comenzó a perder sangre y el sentido, alcanzo maldecir a **Itzcóatl** antes de perder el conocimiento.

— ¡Así los matare a todos malditos! — Dijo **Itzcóatl** dirigiéndose al concejo—. Ahora sin emperador tendrán que escogerme a mí.

Y salió apresuradamente, de reojo alcanzó a mirar el charco de sangre en el que su primo yacía. La serpiente negra, atacó como una bestia furiosa, sigilosa, furtiva, lograba su cometido, la obscuridad y el ocaso, llegaban a Teotihuacán.

24 La reunión

En la magnífica y divina para muchos, ciudad de **Cholollan,** la tensión había pasado, los alimentos deliciosos de estas regiones calmaron los ánimos de todos, un poco más relajados, **Mixcoatl** preguntó a los señores principales, por el origen de sus nombre y quien era quien, porque era confuso no saberlo. Ellos con una sonrisa le explicaron, que solo era un título ancestral, que no eran sus verdaderos nombres, era una tradición que se perdía en la lejanía del tiempo, pero el de más baja estatura aceptaba el título de **Aquiach** y dijo.

— ¿Mi señor **Mixcoatl** yo le conozco a usted, estudió un tiempo en una de nuestras escuelas?

Mixcoatl se ruborizó un poco, porque lo anterior era verdad, en su juventud, estudió un tiempo aquí, recordaba con emoción esos días, sin embargo no recordaba a **Aquiach** como maestro y parecía que eso, era lo que le causaba incomodidad, así que trató de desviar la conversación.

—Mi señores principales **Aquiach y Tlaquiac,** nuestra salida de **Teotihuacán** a estas tierras místicas, fue debido al asesinato de varios de nuestros sacerdotes, que realizaban su trabajo aquí, ¿Saben quiénes fueron sus asesinos?

Entre ellos se miraron perplejos, un sirviente que parecía su concejero, se acercó y algo les murmuro.

—Parece, hermano **Mixcoatl,** que vas sin rodeos —dijo **Tlaquiac** el más alto —. Ustedes saben que en esta ciudad, la violencia está prohibida, es más, la mayoría de la población se encuentra dedicada al sacerdocio y el resto de la población se dedica a la orfebrería ¿Cómo podríamos realizar tal atrocidad?

Al analizarlo de esta manera, todo resultaba lógico, era muy difícil pensar de otra manera, ahora, los que quedaron perplejos fueron **Mixcoatl** y sus generales, se miraron extrañados, recordaron la escena de **Itzcóatl,** mostrando los cuerpos descuartizados de los sacerdotes.

—Realmente creemos, que los asesinos eran de estas regiones, debido a que, varios de ellos fueron victimados, con armas decoradas a la manera y usanza de estas regiones. Además, en nuestro camino nos atacó un ejército numeroso, aunque no muy fuerte, de hecho algunas de las armas que se descubrieron eran las mismas.

—Esa es una acusación muy fuerte hermano **Mixcoatl** —dijeron ellos al mismo tiempo —. Cualquiera pudo haber masacrado a tus sacerdotes, para luego dejar armas como pruebas equivocadas. De hecho varios de nuestros sacerdotes fueron masacrados de igual manera, en semanas pasadas y al igual que en su caso, las armas usadas eran teotihuacanas.

Mixcoatl quedó pasmado ante tal aseveración, sintió una vergüenza enorme, al pensar lógicamente, ¿Cómo había sido posible?, que un ejército tan poderoso, como el que comandaba, hubiera quedado atascado, en una serie de equivocaciones y malas decisiones, sin realizar una investigación de los hechos, solo dejándose llevar por las aseveraciones de **Itzcóat**l, volteó a mirar a sus generales, los cuales se veían con rostros confusos.

Algunos consejeros hablaban con los señores principales, **Aquiach y Tlaquiac,** ellos profundamente apesadumbrados hablaron al unísono.

—Mis consejeros me informaron que tuvimos noticias del ataque a sus sacerdotes, se envió un informe al poderoso **Tecalco,** pero también varios de nuestros sacerdotes fueron asesinados en el camino y las pruebas de que guerreros teotihuacanos fueron los responsables, son irrefutables, al parecer alguien se ha empeñado en generar una guerra entre nuestros señoríos y la grandiosa **Teotihuacán**.

—Entonces tendremos que cambiar nuestros planes mis señores principales-. Dijo **Mixcoatl** —. Al parecer la guerra entre **Teotihuacán** y **Cholollan** ha terminado antes de empezar.

Al decir estas palabras, la tensión en la atmosfera disminuyo, todos sintieron alivio, las sonrisas y el semblante alegre de todos fue suficiente prueba. Solo entonces **Mixcoatl** permitió a su ejército descansar y comer. Varios de los guerreros que nunca habían estado en **Cholollan,** pidieron permiso para visitarla, también en la ciudad, al saberse la noticia, la gente comenzó a salir de sus casas, en poco tiempo el bullicio fue ensordecedor. Todo parecía volver a la normalidad.

—Me temo señores principales —dijo **Mixcoatl**—, que hemos sido víctimas, de un engaño preparado por **Itzcóatl**, ahora comprendemos muchas cosas, sin embargo, surgen muchísimas dudas más, varios miembros del concejo se opusieron a esta aventura atroz, yo incluido, pero se decidió enviar a este ejército, para proteger del peligro a **Teotihuacán**.

—Creo mi señor general —dijo **Aquiach**—. Que el peligro es más interno que externo, hemos tenido noticias de que, varias tribus llegadas del norte, de más allá de los desiertos perpetuos, se han entendido con nuestros vecinos tlaxcaltecas, además, se hablaba de un obscuro señor de **Teotihuacán** que los apoyaba, ahora por lo que me dices estoy seguro que se trata de **Itzcóatl.**

El señor **Aquiach** les contó, que antes, habían llegado unos sacerdotes de **Teotihuacán**, exigiendo más tributo, al negarse, ellos mataron al representante principal que fue enviado por **Cholollan**, fueron detenidos, pero no los mataron, así fueron llevados por un contingente, hacia la ciudad de **Teotihuacán**. Pero antes de llegar fueron atacados por otro grupo y lo que había pasado, es que todos fueron asesinados, tanto los sacerdotes como los guardias. Y los escudos de estos, fueron usados como pruebas de que ellos los habían matado, para inculpar a **Cholollan**. En ese momento comprendieron que todo esto, era una trampa, **Itzcóatl** planeó todo de esta manera, para sacar al ejército de la ciudad.

Esta se encontraba en peligro, tenían que regresar cuanto antes, el concejo de guerreros caballero águila, seguían sesionando con los representantes de **Cholollan,** cuando una flecha surco el aire.

25 Flecha asesina

La reunión entre los generales teotihuacanos y los señores principales de **Cholollan,** parecía más bien una reunión de viejos amigos compartiendo anécdotas, que dos grupos de enemigos negociando una tregua o la paz. El ambiente era relajado, todos animados, unos por el hecho que anhelaban regresar a sus tierras con su familia y amigos, otros porque se quitaban el peso de que su ciudad podía ser saqueada y aniquilada.

Xolox alcanzó a ver una sombra con el rabillo del ojo, su excelente vista y sus años de preparación le advirtieron del peligro, trató de reaccionar ante tal hecho pero desarmado y sin escudo, solo con su singular destreza, como un águila en picada trato de detener el objeto y su dirección, una flecha silbó a su paso alcanzando su objetivo, intentando reaccionar, sintió un dolor agudo que atravesaba su cuerpo, sin darse cuenta cómo, ni por donde, un dolor insoportable lo hizo retorcerse y caer pesadamente.

Todos quedaron estupefactos, incrédulos y sin decir palabra, durante unos instantes, todo paso tan rápido que nadie vio nada, solo cuando **Xolox** y **Mixcoatl** cayeron heridos, los guerreros comprendieron lo que pasaba. El señor principal **Aquiach** también cayó herido y se dobló al frente, quedando atravesados los tres cuerpos.

Acozac volvió la mirada hacia el origen de las flechas, logrando ver al guerrero que las envió, con un movimiento felino alcanzó a derribarlo, el griterío y el desorden reinaron en el campamento. **Acozac** se aferró fuertemente al agresor cuando un duro golpe en la cabeza le hizo desfallecer, "el maldito no estaba solo", fue lo primero que pensó, rodando y retorciéndose como un felino herido, logró esquivar más golpes de **makuahuitl.**

¿Qué pasaba, no comprendía? Logró escabullirse y hacerse de un arma. En poco tiempo el campamento de las negociaciones, era un campo de batalla, logró distinguir a los dos guerreros que habían atacado al general y a los señores principales, tratando de huir de la escena del crimen, nuevamente sus poderosos movimientos felinos, lograron darles alcance, para ese momento, varios de sus leales guerreros se unieron a su persecución, al rodear a sus enemigos estos sin mediar palabra y sin pensarlo ambos se enterraron una flecha envenenada en el corazón, quedando moribundos.

El único que pudo hablar con los moribundos atacantes fue **Acozac,** intentó cuestionar al agresor, ¿qué se proponían? ¿A quién representaba?, era un guerrero igual que ellos, no podía haber traición, el agresor moribundo balbucía el nombre de los Dioses, que pronto estaría con ellos. Al mirarlos detenidamente, **Acozac** se dio cuenta, que eran un sacerdote al mando de **Itzcóatl,** debido a la marca que todos llevaban, era un dibujo de una serpiente negra en el antebrazo, según el grado de la escalera sacerdotal en la que se encontraban. Tal vez esos sacerdotes-guerreros, tendrían la consigna, que si la guerra se ganaba, debía matar a los principales guerreros.

Aunque **Acozac** trató de interrogarlos, los agresores murieron sin decir palabra. En total habían sido cinco los guerreros traidores, que atacaron a **Xolox,** a **Mixcoatl,** y al señor principal **Aquiach,** quien afortunadamente no sufrió heridas graves. Ambos malheridos fueron trasladados al palacio de los señores de **Cholollan,** la confusión en el ejército y la ciudad fueron enormes, jamás hechos tan lamentables, habían ocurrido en la historia de la ciudad, los señores **Aquiach y Tlaquiac** apesadumbrados meditaban los hechos, los generales de alto rango analizaban la situación, la cual además de ser delicada, era peligrosa, ¿Quién más sería traidor dentro de sus filas?, era algo que les causaba temor, sin embargo la mayoría se conocía muy bien entre ellos, así que tendrían que confiar en sus compañeros ,ya se investigaría como fue que **Itzcóatl,** logró infiltrar su gente en el ejército.

La noticia corrió lenta al principio, pero después fue irrefutable, **Mixcoatl** había muerto, la flecha que impactó en su pecho estaba envenenada, la tristeza en las tropas fue enorme, nadie daba crédito, solo unos momentos antes, la paz reinaba en los corazones de todos. Ahora el mayor y poderoso ejército jamás reunido, se encontraba sin cabeza, sin líder. **Xolox** estaba mal herido, pero estable, una flecha le atravesó un costado al parecer sin haber dañado mucho su cuerpo, afortunadamente esa flecha no estaba envenenada.

La confusión reino durante unos momentos en las tropas, todos creían que **Xolox,** estaba muerto también, pero cuando se les dijo que solo se encontraba mal herido, la esperanza surgió entre los guerreros, sin embargo, la flecha dirigida hacia **Mixcoatl** fue certera, mortal, sin poder hablar, varios guerreros lo ayudaban, pero fue poco lo que pudieron hacer, **Mixcoatl** había muerto alzando la mano hacia el dios sol.

26 Noticias sombrías

Acatzin el mensajero continuo su camino días y noches sin descansar, se encontraba más allá del límite humano de resistencia, sin embargo, su fe y gran determinación, le obligaban a continuar el camino, a veces no recordaba los lugares que había pasado, sabia el camino de memoria , porque lo había recorrido antes, en muchas ocasiones.

Sin embargo, cuando meditaba el lugar donde debía estar, descubría que había avanzado más, el recuerdo de **Quetzalli** detenida por el sumo sacerdote, y de su ciudad en estado de guerra, lo hacían llorar de rabia, pero manteniendo el paso fuerte, su fuerza tenía un límite, y estaba a punto de desfallecer. Ahora solo rezaba a los dioses para que no muriera en el camino. Entre su cansancio y agotamiento, logró ver a lo lejos la columna de un ejército que se acercaba a él. Sonrió y como un loco, agito los brazos gritando con las pocas fuerzas que le quedaban, no lo podía creer era el ejercito de sus amigos, que regresaban a la ciudad de **Teotihuacán**, exhausto, casi sin fuerzas, como pudo y a punto de desmayarse, haciendo un esfuerzo sobrehumano, encendió una fogata, rápidamente con un palo largo, alzó el estandarte que lo distinguía como mensajero del emperador **Tecalco**, algunos reconocieron la señal a lo lejos y se apresuraron a llegar donde se encontraba, sonriente al ver rostros conocidos, su cuerpo no resistió más y perdió el conocimiento.

Lo llevaron ante los generales, **Acozac** lo reconoció de inmediato, era **Acatzin**, poco a poco el mensajero distinguió las personas que le hablaban, pidió algo de agua, bebió débilmente, esperaron a que se recuperara, el ejército se encontraba expectante, que habría sucedido para mandar al mensajero tan apresuradamente.

Todos se acercaron a oír las noticias de la ciudad, ya recuperado y comiendo algo de fruta, les dijo que la ciudad era un caos, le contó con voz entrecortada por el agotamiento, sobre la rebelión de los sacerdotes-guerrero, encabezados por **Itzcóatl,** quien había tomado el poder, mucha gente del pueblo estaba a favor de él, pero la mayoría apoyaba al emperador, sin embargo como los mejores guerreros se encontraban aquí, fuera de la ciudad, **Itzcóatl** lograba dominar la mayor parte de **Teotihuacán** por la fuerza.

El emisario fatigado descansó muy poco, la desesperación se apodero de él, deseaba hablar con el caballero general **Mixcoatl,** o con el caballero águila **Xolox**. Todos se miraron tristes y descorazonados, le informaron que el general **Mixcoatl** estaba muerto, llevaban su cuerpo envuelto, para hacerle ceremonial de despedida en la gran **Teotihuacán,** y el caballero águila **Xolox** se encontraba mal herido.

Acatzin insistió en que era urgente para él, hablar con **Xolox** en persona, era cuestión de vida o muerte, miró fijamente a **Acozac,** este comprendió y dijo.

—Dejemos que **Acatzin** cumpla su encomienda. Le pediré a nuestro comandante **Xolox** que haga un esfuerzo y lo reciba de inmediato.

Algunos miembros del concejo de guerra no estaban de acuerdo, debido a que **Xolox** estaba mal herido, pero ante la insistencia de **Acatzin**, accedieron, en parte también porque imaginaban que la ciudad, y sus familias podría estar en peligro. Fue llevado a su presencia, se acercó poco a poco y **Xolox** lo reconoció.

— ¿Eres tú, **Acatzin**? — Le dijo débilmente — ¿Acaso traes malas noticias de nuestra amada ciudad?

—Así es señor, siento ser portador de tristeza y pesar —dijo **Acatzin**.

Incorporándose levemente **Xolox** le dijo que no importaba, que hablara rápidamente.

Él le enseñó las cosas que le había dado **Zeltzin** y el corazón de **Xolox** se entristeció más, le preguntó.

— ¿Acaso te fueron entregados por la hermosa **Quetzalli**?

— No mi señor, fue la princesa **Zeltzin**, la que me entregó este paquete para ti, la princesa **Quetzalli** se encuentra prisionera.

— ¿Prisionera?, ¡No puede ser! —. Grito **Xolox**— ¿Quién pudo hacerla prisionera?

—El sumo sacerdote **Itzcóatl** la tomo prisionera, y no solo eso, piensa sacrificarla para calmar la ira del poderoso **Popocatépetl**, además los rumores más fuertes antes de mi partida, eran que asesinó a el emperador **Tecalco,** y que tiene prisionero al concejo de sabios de la ciudad, para que lo nombren emperador a él.

El corazón de **Xolox** se entristeció, pero al mismo tiempo, su rostro fue reflejando una furia y una fuerza inusitada.

— ¡Maldito loco de **Itzcóatl**! — Dijo furioso —. ¿Cómo es posible que nos dejáramos llevar por sus mentiras? ¿Cómo es posible que fuéramos tan ciegos?

Durante un momento nadie dijo nada, a continuación **Xolox** le preguntó.

— ¿Cómo lograste escapar?

—La princesa **Zeltzin** me ayudo exponiendo su propia vida, además puedo asegurarte mi señor, que internamente tenemos aliados, quienes pueden ayudarnos a rescatar a la princesa.

Xolox quedó pensativo y triste un momento. Su ira hacia **Itzcóatl** le cegó el entendimiento, pero poco a poco la serenidad volvió a él, miró a **Acatzin** y le sonrió tristemente.

—Tenemos que actuar rápido amigo **Acatzin,** aunque eres muy joven, creo que ya tienes el suficiente valor para ayudarnos, tengo varias razones para estar triste, pero ante el peligro que corre nuestra amada ciudad, debemos tomar medidas urgentes.

A continuación le pidió que le ayudara a salir para poder hablar con el ejército, tendría que explicar muchas cosas.

Acatzin con ayuda de **Acozac** sacaron al guerrero de la tienda, lo pusieron en alto en medio de todos y guardaron silencio, la voz de **Xolox** se escuchó débil por la enfermedad, pero firme por su voluntad.

116

—Caballeros, sé de su lealtad, de su fuerza, de su fiereza en las batallas, de su noble corazón, su fe y su amor por nuestra amada ciudad **Teotihuacán** la cual es inquebrantable, de eso estoy seguro.

—Tengo para ustedes malas noticias —continúo diciendo con rostro sombrío—, provenientes de nuestra amadísima ciudad. Como imaginábamos, fuimos engañados y traicionados, al ser enviados a estos lugares, a participar en una guerra que no existía, a un lugar santo, místico, en contra de un pueblo que no es bélico, ni tiene ejército como el nuestro, eso lo comprendimos apenas ayer. Nuestro líder fue asesinado cobardemente, por un servidor del sumo sacerdote, que infiltro con ese propósito, sin embargo, sé que la mayoría de nosotros no compartimos las ideas de **Itzcóatl.**

Se hizo un bullicio indígnate pero callaron para que **Xolox** continuara.

—**Itzcóatl** se apoderó de nuestra amadísima ciudad, todos los templos y palacios fueron tomados por él a la fuerza, las escuelas fueron cerradas, debido a que todos los guerreros leales al emperador estamos aquí, bueno la mayoría, la ciudad corre gran peligro, también nuestras familias y seres queridos, este emisario fue enviado por la princesa **Zeltzin,** quien nos indicó que la princesa **Quetzalli** y otras dos princesas, serán sacrificadas por orden de **Itzcóatl.**

El griterío lo interrumpió, nadie daba crédito a lo que escuchaban, ¡No podía ser! esto era imposible la princesa **Quetzalli,** era una de las doncellas más amadas por todo el pueblo, **Xolox** continúo.

—Lo más probable, es que en estos momentos el emperador **Tecalco,** y el Concejo de Nobles estén bajo arresto o muertos, no lo sabemos, los pocos guerreros que quedaron han sido sacrificados, por lo que debemos apresurarnos a regresar, para salvar a nuestra ciudad del loco de **Itzcóatl.**

Los gritos de muerte a los traidores sonaron al unísono, ¡Muerte a **Itzcóatl!** **Acozac** observaba de lejos el discurso de **Xolox,** y de una cosa si estaba seguro, si algo le pasaba al emperador, ya sabía quién lo substituiría, no dudaba que ante la adversidad y pese a estar muy mal herido, era la fuerza y el coraje que demostraba **Xolox**, lo que le hacía falta a ese ejército diezmado y traicionado. Lo miró orgulloso y aplaudió como sus compañeros lo hacían,

¡Sí! **Xolox** merecía ser emperador. Este lo miro y sonrío, uno de ellos sabía quién había ganado lo máximo, por lo que habían luchado tantos años, ser el mejor, el mejor guerrero, el más valiente, el que llegaría a la cima, el que ganaría todo, hasta el amor de una princesa, la cual en estos momentos, se encontraba en peligro extremo, pero no se sentía mal, al contrario, en estos momentos, lo único que le importaba era que llegaran rápido a **Teotihuacán**, para salvar a la princesa y al emperador.

Después de un rato, **Acozac** el caballero jaguar, fue llamado de urgencia por **Xolox** el caballero águila. **Acozac** se extrañó, pero accedió rápido, entró en la tienda donde era atendido **Xolox**, Al verlo entrar, este intento incorporarse pero **Acozac** no se lo permitió,

—No, mi señor, descansa, el ejército te necesita, reposa, cura tus heridas.

— ¿Mi señor? ¿Puedo saber porque tanto respeto?

—Como guerrero has demostrado ser el mejor, como líder de este ejército, eres el ideal y eso me enorgullece, porque eres mi mejor amigo —dijo **Acozac** y con una sonrisa añadió — mi señor.

Xolox lo miró fijamente, y le dijo.

—Sí, en eso tienes razón, somos hermanos, iguales ante todo y leales a nuestros principios. Pero ahora lo importante, es que debes regresar hermano mío, cuanto antes.

— ¿Yo, mi señor caballero águila?

—Sí, **Acozac**, el amor por el que tanto luchamos al fin se ha decidido, no lo comprendía hasta que llego **Acatzin** el emisario, con estos objetos, son unas pequeñas figuras que le di a **Quetzalli**.

Acozac no comprendía, pero al ver su confusión, **Xolox** le dijo,

—Ella te escogió a ti, amigo mío, te explico. Antes de que saliéramos a esta guerra sin sentido, yo le di esto a **Quetzalli,** son unas figurillas de obsidiana que siempre han pertenecido a mi familia, el hombre se las da a la mujer, para que ella las guarde cerca de su corazón, esto significa que se mantendrán unidos toda la vida, le dije a **Quetzalli** que si regresábamos y ella no me quería a mí, que me los regresara. Esa sería una señal de que ella al fin se había decidido por uno de los dos y no era yo, pero al fin mi alma, saldría de una duda.

Sonrío con tristeza al decir esto y continuó.

—O sea que te escogió a ti y créeme que me parece bien, al final yo conseguí todo lo que quería, pero tu conseguiste un amor puro y bellísimo. Y me alegra mucho, les pediré a los Dioses que siempre seas feliz con ella.

Acozac sonreía pero poco, ya que comprendía el peligro en el que se encontraba su amada **Quetzalli**.

—Por eso debes regresar —dijo **Xolox**—, sabemos que **Itzcóatl** no hará nada, hasta la luna llena, que es en dos días, si sales ahora mismo con varios hombres, podrás llegar a tiempo y salvar a la princesa, nosotros llegaremos en cuanto podamos.

Solo un apretón de manos y todo estaba dicho, las palabras sobraban.

27 El regreso del Jaguar

Dicen que no hay animal más rápido, que los tigres, o como son llamados en esta región, jaguar u **ocelótl**, su velocidad es impresionante al cazar o al correr para salvar su vida, por eso, los caballeros tigre eran llamados de esa manera, por sus cualidades, por su gran velocidad y agilidad. Esto quedó demostrado para los pobres guerreros que acompañaban a **Acozac**, los dejaba muy atrás, en varias ocasiones tuvo que esperarlos un poco, era ágil y con unas poderosas piernas. Como los felinos, con gran facilidad escalaba subidas, brincaba arroyos, saltaba peligrosos bordes o barrancas, sus fuertes piernas no flaqueaban, ante ningún salto o brinco, porque lo que más lo apremiaba, era el peligro en el que se encontraba su amada. Pasó valles, laderas, ríos y senderos de regreso a la ciudad, en forma apresurada, como los Dioses, sentía el aire que le golpeaba el rostro, las imágenes pasaban en sus ojos a una velocidad vertiginosa, solo pensaba en su amada, que se encontraba en peligro por el capricho de un loco.

Descansaron cerca de un arroyo pequeño, miró a sus compañeros, aunque cansados, le mantenían el paso, y aunque sus rostros resentían el esfuerzo que imprimían a su marcha, no se quejaban. Lo reconfortó el hecho que estaban animados, sabía que contaba con ellos hasta la muerte, el pequeño **Acatzin** seguía el mismo paso de los guerreros, a pesar de estar más cansado que todos, este quiso acompañar a **Acozac,** y eso lo tenía en gran aprecio, lograban ver la inmensa fumarola del volcán y de hecho, llamó su atención, que tal evento se realizara exactamente en este momento, **Itzcóatl** había trazado muy bien sus planes, **Acozac** recordaba, que había tenido muy poco trato con el gran sacerdote, de hecho jamás fue su maestro, y no le caía bien, era déspota e intransigente, recordaba la vez, que él mismo, fue designado por el **Calmécac,** para llevar los tributos al sumo sacerdote, su voz chillona y burlona le desagradaba, pero como buen militar no le dio importancia.

Pero sí recordaba ahora, que en muchas ocasiones, él y varios estudiantes prominentes del **calmécac**, recibían ofertas por parte de los sacerdotes, que eran fieles seguidores de **Itzcóatl**, quienes les pedían se unieran a ellos para formar parte de su grupo, les ofrecían varias cosas, desde oro hasta posiciones clave dentro de la pirámide sacerdotal, ya que sabían, de su buen desempeño en la escuela, y sin embargo muchos estudiantes como él, los había rechazado, algo de ellos, era incompatible con su forma de ser, y era el excesivo servilismo con el que reverenciaban a **Itzcóatl**, ahora comprendía todo, **Itzcóatl** llevaba preparando esto desde hacía mucho tiempo, conocedor de los tiempos de la naturaleza, mando lejos a los ejércitos, para poder aprovecharse de la situación.

Un sudor frío le recorrió la espalda, al recordar a su amada **Quetzalli**, se encontraba en peligro extremo, aunque era muy querida por el pueblo, sabía que la chusma enardecida, era capaz de realizar atrocidades, observó a los pocos guerreros que le acompañaban, no eran más de una veintena, pero sabía de su valor a toda prueba, destruirían ejércitos si se lo proponían, además, tenían una plan elaborado al llegar a la ciudad, sin embargo no se confiaba, sabía que **Itzcóatl,** como las serpientes, era voluble en sus movimientos, se incorporó de pronto miró a sus compañeros, sin decirse palabra reanudaron la marcha, como manada de felinos tras la presa, el grupo de guerreros pasaba rápidamente senderos, cerros y planicies, en la mente de **Acozac** la imagen de la bellísima **Quetzalli**, le hacía apresurar el paso.

28 Sacrificio de una princesa

Itzcóatl preparó todo de manera escrupulosamente exacta, por orden suya, **Tecalco** y el Concejo de Nobles, fueron encerrados en el palacio del emperador. Él mismo se encargó de convencer al pueblo, que el emperador se encontraba tan desolado y triste, que no tenía fuerzas para ver el sufrimiento de su hija. Sus palabras habían sido según **Itzcóatl**, "Si es el designio de los Dioses, acataré fielmente el mandato", nadie se atrevía a replicarle al sumo sacerdote su pena de ser castigado.

Y él, como primo magnánimo y benefactor, se ofreció a realizar lo que el emperador no podía, además era el único capacitado para ofrecer en sacrificio a esas doncellas, lo cual era una tarea horrible y maligna, pero alguien tenía que hacerla, para salvar la ciudad, por eso se había ofrecido voluntariamente,   llevar a cabo esa ignominiosa tarea,

La sociedad teotihuacana, a pesar de haber edificado esa maravillosa ciudad, a pesar de construir un imperio, como no se recordaba en la historia humana, tenía debilidades, una de ellas era el excesivo apego a sus creencias, que si bien era cierto, esto los había ayudado a prosperar, también era un lastre muy importante, que les impedía ver la realidad, además, algunos se aprovechaban de esas creencias, como los sacerdotes, que podían estos imponer su voluntad a toda costa, dejando al pueblo en la ignorancia, solo siguiendo ritos y costumbres sin sentido, por el simple hecho, o la sentencia de que "Así lo querían los Dioses".

Todos recordaban que la ciudad fue construida con el firme propósito de ser un lugar agradable a los Dioses, donde todos fueran iguales, donde las familias vivieran en armonía y paz, los sacrificios eran muy esporádicos. ¡De hecho, sí se realizaban! pero sobre todo de animales, como una ofrenda de los favores recibidos, o por recibir. Y cuando se trataba de humanos, era gente mala, como asesinos, rateros, que eran castigados por sus delitos y habían transgredido las leyes.

Algunas veces, aunque era algo raro, los enemigos capturados en batalla, porque pocos eran los sobrevivientes.

A los pocos guerreros prisioneros se les daba una oportunidad de demostrar su valentía, tenían que pasar por varias pruebas, en la escalinata del altar de sacrificios, luchando contra guerreros fuertes, de lo mejor de las escuelas en cada nivel, si lograba llegar a la cima se le perdonaba la vida, era liberado en la región donde había sido capturado, muy pocos lo lograban, pero eran muy respetados cuando esto sucedía, de hecho esa circunstancia, se tomaba como un tratado de paz en la región, el guerrero era recibido como héroe por sus clanes, y los diplomáticos realizaban su trabajo.

En tiempos de **Itzcóatl** se había sacrificado a más gente de lo normal, pero nadie lo percibía, porque lo había hecho muy sutilmente, la sociedad cada vez aceptaba más esos sacrificios.

No todo el pueblo creía que con sacrificar princesas, se acabarían todos los males o se calmaría al poderoso **Popocatépetl**, pero los pocos que lo creían, eran extremadamente fanáticos y doblegaban la razón de los incrédulos.

Porque ¿Cómo detener a una turba fanática, idolatra e intolerante?, ¿Cómo cambiar el pensamiento de un pueblo ferviente, adorador e intransigente?, si no tienes tú, ese mismo fanatismo, esa entrega, o ese apasionamiento para tratar de convencerlos. Tiempos obscuros dominaban la razón. Y sin embargo, muchos sabios habían predicho que la catástrofe llegaría, ya que al crecer la ciudad, los recursos se acabarían, pero **Itzcóatl** se encargaba de silenciarlos, es por eso, que la mayoría del pueblo no se atrevía a contradecirle.

A pesar de estar encarcelada, **Quetzalli** mantenía su belleza y su actitud inquebrantable, en ningún momento había llorado ni suplicado. Es más, el sumo sacerdote sintió su desprecio directamente, ya que le propuso un trato, si accedía a casarse con él, la salvaría, la escondería lejos, sacrificaría a otra princesa y también salvaría a su padre, la única respuesta de ella fue un escupitajo en la cara del sumo sacerdote. Este la abofeteó diciéndole

— ¡Si ese destino deseas, yo me encargaré de cumplirlo! Serás sacrificada en la noche de luna llena, será pronto y estarás con tu madre—, **Itzcóatl** se retiró sonriendo asquerosamente.

Los males se acumulaban en la ciudad, escaseaba el alimento y el agua pura, comenzaba la guerra entre los barrios de la ciudad, la anarquía llego pronto a **Teotihuacán**, **Itzcóatl** dejaba pasar las cosas, sabia dominar a las masas furibundas, pronto sus seguidores le pedirían al Concejo de nobles, que lo nombran emperador, saboreaba su triunfo, después de sacrificar a la princesa, mataría a su primo el emperador, diría que se volvió loco, que él mismo se había quitado la vida, al no soportar el dolor de ver morir a su hija, una sonrisa sórdida llenaba su cara, al fin se cumplirían sus sueños.

El atardecer rojizo como la sangre que se derramaría, contagiaba a todos de una tristeza que nadie comentaba, pero que era evidente, solo los rugidos del volcán, y las fumarolas gigantes que vomitaba, hacían que esa tristeza se convirtiera en pánico, la gente gritaba cada vez que eso pasaba.

Y llego el día de luna llena, la mayoría del pueblo se encontraba reunido alrededor de la gran pirámide, el sacrificio de las doncellas estaba programado para esa noche, muchos por morbo, otros por ansiedad, la mayoría por temor, varios comenzaron a preguntarse los nombres de las doncellas que serían sacrificadas, hacia tanto tiempo que no pasaba eso, que era algo nuevo para muchos.

De hecho, los sacrificios humanos no eran del agrado de la mayoría del pueblo, lo más común era, el sacrificio de animales u ofrendas en especie. O los guerreros atrapados en batalla.

Pero eso era algo raro, las guerras nunca terminaban con prisioneros, las heridas que resultaban de la guerra, por lo general eran mortales, así es que nadie se preocupaba por los enemigos heridos, simplemente los dejaban ahí para que murieran desangrados.

Era por ese motivo, que la gran plaza se encontraba a reventar, la procesión salió del palacio de **Quetzalcóatl** hacia la gran pirámide, primero avanzaban los sacerdotes allegados a **Itzcóatl**, continuaban algunos nobles que pagan abultados tributos, después **Itzcóatl** transportado en hombros, con ropajes suntuosos, en pose de Dios benevolente, por último un nutrido grupo de guerreros-sacerdotes y entre ellos las princesas que serían sacrificadas, la gente extrañada veía a **Quetzalli** entre ellas, al principio, el desconcierto dio paso a comentarios de duda, luego se convirtió en murmullo, el murmullo paso a una indignación tan fuerte, que el griterío se hiso ensordecedor, al ver que ella estaba atada de manos, el pueblo entero como el rugido del volcán reclamo a **Itzcóatl** la libertad de la princesa.

Este, alarmado bajó al pie de la escalinata y ordenó a sus sacerdotes-guerreros, que reforzaran la seguridad, pero la multitud estaba enardecida, **Quetzalli** era muy querida por todos, la simpatía que ella generaba, la hacía muy popular, los sacerdotes guerreros apenas y lograban contener el tumulto.

Sin embargo la mayoría del pueblo se encontraba sumido en las supersticiones y el morbo,   aunque mucha gente tenía simpatía por **Quetzalli**, **Itzcóatl** se encargó de colocar entre la gente del pueblo, a sus seguidores, que pedían a gritos la sangre de la princesa, poco a poco la palabra sacrificio se fue imponiendo.

La procesión macabra subió lentamente los niveles de la pirámide, **Quetzalli** era la única que conservaba la calma y reconfortaba a sus llorosas compañeras, tenía una esperanza, su corazón latía con más fuerza, pero sus sentimientos eran imperceptibles. Volteaba hacia la multitud tratando de distinguir a su amado, ¿Recibiría la noticia?, ¿Llegaría a tiempo el mensajero?, ¿Regresaría a tiempo **Acozac**?, tantas preguntas se agolpaban en su cabeza.

Itzcóatl llegaba a la cima, alzando los brazos, solo recibió un abucheo generalizado, pero la tarea de sus seguidores era efectiva, poco a poco surgieron los vítores hacia su persona, la mueca de disgusto dio paso a una risa plena, estaba feliz. Su gran momento de gloria, el triunfo por fin llegaba.

Una de las princesas llamada **Yolitzin,** al ver la mesa de sacrificio, comenzó a gritar histérica, y no era para menos, el espectáculo era repugnante ahí arriba, el hedor se combinaba con la suciedad de la sangre, y desechos putrefactos.

Solo los sacerdotes que estaban acostumbrados a eso, no vomitaban ante tan horrendo espectáculo. Ni siquiera el humo de copal o el incienso usado, repelían la pestilencia que se respiraba ahí arriba, la belleza de **Quetzalli** contrastaba con el lugar, pero ni siquiera ese sitio doblegaba su fortaleza, la estridencia de los caracoles que habían acompañado a la procesión, fue opacada por una nueva fumarola del volcán, el griterío fue unánime, solo **Itzcóatl** sonreía, todo estaba saliendo como sus planes, el cielo se obscurecía, el ocaso de **Teotihuacán** estaba cerca.

29 Libertad al Concejo

Acozac y los caballeros jaguar arribaron por la mañana ese fatídico día de luna llena, se acercaron lo más posible a la ciudad, aunque esta, se encontraba en estado de sitio, la mayoría de la gente se encontraba donde se llevaría a cabo la ceremonia, los guerreros jaguar, lograron neutralizar a varios guardias de **Itzcóatl**, detrás del palacio de **Quetzalcóatl, Acatzin** reconoció a varios de sus amigos del **Calmécac,** jóvenes leales al emperador, sigilosamente él y **Acozac** se acercaron a ellos, ya los esperaban con ansia, la princesa **Zeltzin** fiel amiga de **Quetzalli**, logró transmitir mensajes a las escuelas de guerreros, quienes se unieron a la causa.

La mayoría de ellos eran bastante jóvenes, casi niños pensó **Acozac,** pero su arrojo y valor, serían suficientes como para suplir su falta de experiencia, rápidamente fueron conducidos a un escondite en los aposentos del palacio de las doncellas, el lugar más disimulado que pudieron encontrar, lo lograron gracias a las entradas secretas del palacio.

Pronto se enteraron de las noticias más recientes, la princesa **Zeltzin** había sido arrestada. Pero el rumor más grande era que, el sumo sacerdote **Itzcóatl** había herido gravemente al emperador **Tecalco**, lo tenía prisionero junto al concejo de sabios, y esa misma noche serian sacrificadas las princesas.

Itzcóatl había logrado asegurar el control de la ciudad, ya que tenía muchos seguidores, al principio eran solo los sacerdotes-guerreros que estaban bajo su mando en los templos, pero en los últimos días, muchos se agregaban a su grupo, tal vez porque **Itzcóatl** les prometió riquezas, o pensando en que mejorarían en su estrato social, otros simplemente por ignorancia o por temor, pero también se sabía que muchos fueron amenazados.

Sin embargo casi todos los jóvenes de las escuelas y mucha gente del pueblo se unirían a ellos, sobre todo al ver a caballero jaguar **Acozac**, y más al saber que el ejército regresaría pronto.

La procesión ya había comenzado, tendrían un poco de tiempo, porque como todos sabían, la teatralidad de **Itzcóatl,** haría que la ceremonia se realizara más lenta de lo normal, por lo tanto, trataría por todos los medios de alargar su momento de gloria, eso sería aprovechado por ellos.

Acozac planeó el ataque, primero se dividirían en dos grupos, lo principal seria salvar a **Quetzalli,** liberar al emperador y al concejo de Nobles, no sería algo fácil, ya que los adeptos de **Itzcóatl** se contaban por cientos tal vez miles, sin embargo contaban con el elemento sorpresa, y la juventud de los guerreros, **Acatzin** y otros se escabullirían tratando de liberar al emperador **Tecalco** y al concejo, **Acozac** salvaría a las princesas, tratando de resistir a la llegada del ejército que les ayudaría.

El tiempo se acababa para **Teotihuacán,** que se desmoronaba en la guerra civil, algo impensable en las centurias pasadas, la ciudad utópica, que había surgido con la noble idea que todos eran iguales ante los Dioses, ahora estaba resquebrajada por la avaricia o el miedo de varios. Y la locura y el odio de uno.

Mientras en el palacio del emperador, los miembros del concejo de sabios, cuidaban de **Tecalco**, quien se encontraba mal herido. La mayoría de ellos eran viejos, pero en su juventud fueron guerreros valerosos, dos intentos por salir de ahí resultaron infructuosos debido a que los sacerdotes guerreros los superaban en número, sin embargo no se doblegaban, pensaban varios planes para liberarse.

—Necesitamos ayuda externa —decía **Iztacoyotl** que pese a su edad nunca se rendía—, en el último intento casi lo logramos, un poco más, tenemos que esforzarnos.

—Ya lo sé, pero me preocupa nuestro hermano **Tecalco** —contestó **Ehecatl** —. Está muy débil, además, desde aquí adentro nos encontramos en desventaja, necesitamos un plan más elaborado, primero habrá que distraer a los guardias.

—Sí, tengo la esperanza que alguien nos ayude, alguien que detenga al loco de **Itzcóatl** —dijo **Iztacoyotl.**

Como si los Dioses escucharan sus plegarias, algo comenzó a atraer su atención, poco a poco la lucha en la afueras del palacio fue subiendo de volumen. Gritos y golpes provenientes de las puertas los alertaron. Era el momento que esperaban, se aprestaron a la lucha.

Eran los guerreros jóvenes del **Calmécac** comandados por **Acatzin,** que llegaron con el propósito de liberar al emperador y al concejo de Sabios, eran guerreros muy jóvenes, pero se enfrentaron valientemente a los guardianes, la lucha fue encarnizada, los sacerdotes-guerreros pensaban que sofocarían rápidamente a aquellos revoltosos que parecían niños, pero comenzaron a preocuparse cuando los hicieron retroceder, no lo podían creer, eran niños pero peleaban con fuerza, los guerreros-sacerdotes fueron superados, varios de ellos murieron peleando, pero al ver que la causa estaba perdida muchos huyeron mal heridos.

Las puertas se abrieron al fin, los miembros del concejo reconocieron a algunos de los guerreros que habían partido con el ejército, y muchos jóvenes del **Calmécac. Acatzin** les contó rápidamente, lo que había pasado desde que **Zeltzin** lo mandó con el mensaje a **Mixcoatl.** El envío de tropas a la ciudad de **Cholullan** había sido una trampa, que un traidor al servicio de **Itzcóatl** logró matar a **Mixcoatl** y herir gravemente a **Xolox,** los sabios del concejo al oír esas palabras, comprendieron la maldad de **Itzcóatl,** y aunque varios de los objetivos de este, tuvieron éxito y había ganado varias batallas, no había ganado la guerra , aún era posible derrotarlo, salvar a **Teotihuacán,** el emperador había sido herido de muerte, sin embargo, lo mantenía con vida la esperanza de salvar a su hija, **Iztacoyotl** trató de reconfortarlo.

—No te preocupes viejo amigo —le dijo—. **Acozac** ha llegado para salvar a la princesa, el ejército está cerca, a no más de un día de distancia, **Itzcóatl** no tendrá éxito te lo aseguro.

La mirada del emperador y un apretón de mano fue toda la respuesta del emperador, quien volvió a desmayarse por la fiebre. **Iztacoyotl** ordenó que todos los guerreros jóvenes fueran en apoyo de **Acozac**, el concejo trasladaría a lugar seguro al emperador **Tecalco**.

30 Rugido de jaguar

Itzcóatl seguía teatralizando, sintiéndose el centro de atención, sentía que en sus manos, tenía el poder de la vida y la muerte, estos pensamientos embriagaban su alma y sus sentidos, se sentía un Dios en la tierra. **Zeltzin** llegó con otras princesas, del lado contrario por el que **Quetzalli** subió, llevaban las herramientas para el sacrificio, las dagas filosas de obsidiana de diversos tamaños y formas. Las princesas se miraron a los ojos por un momento, el suficiente para compartir sus pensamientos. **Zeltzin** continuo la procesión hasta llegar a donde se encontraba **Itzcóatl**, este levanto las dagas en señal de triunfo, al Dios sol que se perdía en el horizonte, el tono rojizo del cielo presagiaba una tormenta de maldad, el pueblo lo abucheo más, el momento era electrizante, el rugido del **Popocatépetl** ensombrecía más los ánimos.

En el preciso momento en que **Itzcóatl** levantaba la mano con el puñal de sacrificio, una flecha surco el cielo y exactamente atravesó la mano del sumo sacerdote, la multitud incrédula, volteó hacia el lado de dónde provenía la flecha. La figura imponente de un caballero jaguar en traje de guerra electrizó el ambiente, era **Acozac** que había regresado para salvar a la princesa, todos lo reconocieron, el grito de dolor de **Itzcóatl** fue desgarrador, cayó herido y gritando, mucha gente del pueblo aclamo a **Acozac** con un bullicio ensordecedor.

Los ayudantes del sumo sacerdote empuñaron sus armas, pero en ese preciso momento, una andanada de flechas, de los guerreros jaguar que acompañaban a **Acozac** los acribillo certeros, la gente gritaba y corría histérica, nadie sabía que pasaba.

Al ver a su líder herido, más guerreros-sacerdotes se abalanzaron sobre los caballeros jaguar, **Acozac** comenzó a subir la pirámide, una andanada de flechas de los sacerdotes-guerreros surco el cielo, pero en el momento preciso los caballeros jaguar, alzaron los escudos, continuaron avanzando. Por otro lado, los estudiantes del **Calmécac** tomaron posiciones, y desde abajo dispararon flechas a los sacerdotes de arriba con tan certera y precisión que derribaron a varios, **Acozac** seguía avanzando, su fuerza era evidente, a su paso, varios sacerdotes-guerreros eran eliminados.

Abajo el pueblo estaba dividido, peleaban unos contra otros, la batalla se generalizó en la explanada y en la calzada de los muertos. **Itzcóatl,** quien era atendido por uno de sus seguidores, se refugió en el interior del templo, la flecha no podía ser retirada de su mano, ya que esta le causaba un tremendo dolor, golpeaba a todos los que querían ayudarle, lo único que vociferaba era ¡Mátenlos a todos! ¡Mátenlos!

Por fin, **Acozac c**on el grupo de caballeros jaguar del **Calmécac,** logró llegar hasta donde se encontraban las princesas. **Quetzalli** peleaba como podía y ayudaba a las otras princesas, al ver a su amado **Acozac** se llenó de alegría. Este la abrazo y se percató que estaba herida, ella le dijo que no era de gravedad, un beso enorme los alejo de la realidad por un momento, las palabras salían sobrando, inmediatamente **Acozac** la protegió y comenzaron a replegarse, los guerreros-sacerdotes atacaban con toda su furia, pero los caballeros jaguar eran mejores combatientes, curtidos por tantas batallas, lograron mantener a salvo a la princesa.

Bajaron por el lado opuesto donde habían subido, los guerreros del **calmécac** y los caballeros jaguar se unieron formando un escudo humano, para proteger a la princesa **Quetzalli** y a **Acozac**, sin embargo la superioridad numérica de los guerreros-sacerdotes era abrumadora, como pudieron bajaron de la gran pirámide, el caos era tremendo abajo, todos peleaban entre sí, algunos adeptos a **Itzcóatl** los atacaban, pero ya varios miembros del concejo de sabios y sus familias peleaban al lado de los caballeros jaguar, la lucha se acrecentaba, la superioridad numérica de los sacerdotes-guerrero era evidente , así que decidieron salirse de la ciudad como pudieron.

Un sacerdote-guerrero le aviso a **Itzcóatl**, que **Acozac** escapaba con la princesa **Quetzalli**, un grito de dolor fue acompañado de un aullido lleno de odio y rencor.

— ¡Persíganlos y mátenlos!— Gritó— ¡No deben escapar!

Sabía que si la princesa escapaba todos sus planes se vendrían abajo, en ese momento uno de sus sirvientes le dijo que el concejo de sabios y el emperador había escapado, un aullido desgarrador cimbró el recinto. El mismo **Itzcóatl** se arrancó la flecha de la mano, aullaba y gemía del dolor, con el mismo odio y para saciar su dolor, le enterró la flecha en un ojo al sirviente más próximo, hiriéndolo de muerte.

— ¡Maldito **Tecalco**! — Dijo—, así debí haberte matado en ese momento. ¡Búsquenlos! Y ¡Mátenlos! A todos. ¡A todos!

Itzcóatl miró a sus guerreros y escogió a los mejores que tenía diciéndoles

–Persigan a **Acozac** y **Quetzalli** y mátenlos —dijo lleno de odio—, síganlos hasta el fin del mundo si es preciso, no regresen, deben asegurarse que mueran, si no, morirán ustedes y sus familias. Los demás síganme, tenemos que matar a **Tecalco** y al concejo de sabios. ¡Rápido! Muévanse estúpidos.

Salieron hacia el palacio de **Quetzalpapálotl**

31 Persecución

Un escuadrón de los mejores aliados de **Itzcóatl,** perseguía a la princesa **Quetzalli** y al guerrero **Acozac** por la jungla hasta los volcanes, bordearon el gran lago de Texcoco, intentaron atravesar las lagunas de **Tláhuac**, pero casi los alcanzan, así que decidieron atravesar las zonas pantanosas de la región de **Chalco,** la juventud de **Acozac**, **Acatzin** y los guerreros, le dio mucha ventaja, ya que por un momento se perdieron de vista de los sacerdotes-guerreros, sin embargo estos contaban con buenos rastreadores, así que la ventaja era mínima, para buena fortuna, tuvieron mucha ayuda de los pueblos de las regiones que pasaban, los sacerdotes-guerreros tenían que luchar en cada pueblo y en cada región, eso los retrasaba, les daba tiempo a los jóvenes guerreros y a la princesa, la cual en la batalla había resultado herida pero no de gravedad, o eso pensaban, porque avanzaba al mismo paso que los guerreros a pesar de la situación, **Acozac** la miraba y se maravillaba de la hermosura de ella, sus pensamientos fueron interrumpidos por un potente rugido del **Popocatépetl**, otra fumarola enorme ensombreció la luz del sol.

En ese momento **Acozac,** se dio cuenta que la herida de su amada **Quetzalli,** era más profunda de lo que pensaba, no podrían seguir huyendo, tendrían que esperar a los sacerdotes-guerreros en algún lugar y hacerles frente, sin embargo eran muy pocos, además jóvenes, **Acozac** sabía que, frente a los experimentados sacerdotes-guerreros estarían perdidos, aunque mucha gente de los pueblos se unirían a su causa, alguna luz de esperanza brillaba en la oscuridad.

—Debemos esperarlos aquí y hacerles frente —dijo **Acatzin**—, así tú y la princesa podrán escapar.

— ¡No! ¡Es muy arriesgado!— Contesto **Acozac**— ellos, nos superan en número.

—Tal vez, pero si seguimos así nos alcanzaran tarde o temprano, la princesa está más grave de lo que pensábamos, además dos personas solas son más difíciles de seguir que varios, podemos distraerlos hacia la ladera de la montaña, mientras ustedes podrán escapar por la grieta del **coyotl** y escapar hacia las tierras del sur como lo planeamos, recuerdas al príncipe **Balam**, si logran llegar a las tierras del **Mayab** estarán a salvo. Y aunque es muy peligroso, yo pienso que pueden esconderse ahí mientras llega la ayuda.

—Tienes razón como siempre amigo **Acatzin** —dijo **Acozac.**

—Además contamos con la generosidad y amistad de muchos guerreros de los pueblos vecinos —contesto **Acatzin**—, creo que podríamos hacerles frente a los sacerdotes-guerreros de **Itzcóatl**. He pensado en un lugar que conozco, podríamos emboscarlos y exterminarlos, pero la batalla será fuerte y despiadada, necesitamos que tú pongas a salvo a la princesa.

Acozac sabía que **Acatzin** tenía razón, aunque nunca se había distinguido en la escuela por su fuerza, era un buen estratega, si **Xolox** llegaba a ser emperador, **Acatzin** podría ser un buen general, meditó un poco la situación, pero al mirar a su amada que le sonreía, decidió llevar a cabo el plan que le proponía **Acatzin**, y se separaron.

32 El ejército regresa a Teotihuacán

En la ciudad, **Itzcóatl** mientras tanto asediaba a los miembros del concejo de Sabios, que junto con los jóvenes guerreros del **Calmécac,** se habían atrincherado, protegiendo al emperador en el palacio de **Quetzalpapálotl,** el combate era brutal, despiadado y sin tregua, oleadas de sacerdotes-guerrero se enfrentaban a los jóvenes, que les hacían frente en igualdad de fiereza, **Itzcóatl** vociferaba a sus hombres, llamándolos ineptos y estúpidos por no poder derrotar a un puñado de jóvenes y ancianos.

En ese momento, la voz de **Itzcóatl** fue acallada por el estridente sonido de los caracoles de guerra, un sudor frío le recorrió la espalda, abrió mucho los ojos pensando lo peor, ese ruido solo significaba algo, en un momento, él y todo mundo volteó para ver de dónde provenía tal sonido, cuando se percataron que el gran ejército teotihuacano, entraba en la ciudad con toda su furia.

Itzcóatl gritaba lleno de odio, miraba con ojos amarillentos llenos de rabia y coraje, como sus planes se derrumbaban. La lucha se volvió feroz, el ejército entró con una fuerza inusitada, arrollando a todos y todo a su paso, **Itzcóatl** observaba impotente, como sus fuerzas eran aniquiladas poco a poco.

Logró distinguir la figura de **Xolox,** quien al verlo, lo señaló con el arco sagrado del general en jefe de todos los ejércitos, el mismo que él le dio al general **Mixcoatl,** y comprendió en ese instante que, todo su plan a prueba de fallos había tenido una fisura y presenciaba como se destruían sus sueños de grandeza.

Xolox aunque mal herido, era ya el comandante en jefe del ejército que regresaba de **Cholollan,** aunque el retorno fue fatigante y pesado, lograron llegar en el menor tiempo posible e irrumpieron con una fuerza inusitada, y doblegando fácilmente al ejército de los sacerdotes-guerreros, algunos seguidores del sumo sacerdote, al ver que solo era cuestión de tiempo y que su causa estaba perdida, trataron de llevárselo lejos. Pero **Itzcóatl** lleno de rabia peleaba como animal acorralado, con la fuerza de la desesperación, aun así lograba herir a muchos guerreros. Avanzó directamente sobre **Xolox**.

—Te mataré con mis propias manos maldito **Xolox.**

Mazos y escudos chocaron brutalmente, **Xolox** aún se encontraba débil por la herida que recibió, se tambaleo pero logró detener el golpe de **Itzcóatl,** quien sonrió mezquinamente al verlo sin fuerza, alzó su maza para asestar un golpe mortífero sobre **Xolox,** pero el fiero guerrero águila logró esquivarlo gracias a sus excepcionales reflejos, aunque más bajo de estatura **Itzcóatl** lograba asestar golpes durísimos, pero **Xolox** recordando lo que hacía en el juego de pelota, saltó más alto que su rival y asestó un golpe en picada que desestabilizo a **Itzcoatl**, sin darle tiempo a recuperarse, **Xolox** hirió de muerte a **Itzcóal**, este quiso responder pero justo en ese momento, **Iztacayotl**, **Ehecatl** y varios de los sabios del concejo dispararon sus flechas que se impactaron en el cuerpo de **Itzcóatl**, hiriéndolo de muerte, sin embargo con la fuerza de la rabia y desesperación, logró dar más golpes que **Xolox** apenas pudo contener, era increíble que siguiera con vida, el odio que sentía, lo hacía mantenerse en pie todavía, poco a poco comenzó a doblarse, alcanzó a ver a **Xolox** que de un certero golpe en la cabeza le decía.

—Muere maldito loco, ni siquiera eres digno de ser sacrificado a los Dioses.

Itzcóatl se derrumbó lentamente, sus sueños desaparecían con él, ya no sonreía, en el último momento de su existencia, solo miró desdeñoso la poderosa silueta del palacio del emperador.

—Estuve tan cerca, maldito, tan cerca.

Fueron sus últimas palabras, el cuerpo sin vida de **Itzcóatl** quedo hincado, de una patada **Xolox** logró aventarlo hasta las escaleras, el cuerpo inerte quedó de cabeza, en los escalones más altos de la gran pirámide, los caracoles guerreros tronaron con fuerza, el sonido de la victoria retumbo por toda la ciudad.

Al ver que su líder estaba muerto, los sacerdotes-guerreros bajaron sus armas, la lucha solo había durado unas horas, pero la ruptura de la ciudad había sido enorme, los muertos se contaban por miles, el odio entre las familias y clanes era abrumador.

El emperador se encontraba grave, la feliz noticia de la muerte de **Itzcóatl** no le daba alegría a su corazón, al no tener noticias de su amada hija **Quetzalli**.

Zeltzin lo cuidaba, pero sabía que su corazón no resistiría mucho, su herida era muy profunda y a pesar que era atendido por varios curanderos, el triste fin se veía cercano, toda la ciudad compartía su pena. **Xolox** dijo.

—Ojalá nos hubiéramos dado cuenta antes de los planes de **Itzcóatl**, no tendríamos tantos muertos en la ciudad.

—Tal vez —contesto **Iztacoyotl**—, pero jamás nos imaginábamos la perversión y maldad de **Itzcóatl**. Tal vez el emperador lo intuía pero era su primo, además juntos habían peleado en cruentas batallas.

—Quieran los Dioses proteger a la princesa **Quetzalli** y a **Acozac**, he mandado a buscarlos, dicen que tomaron el rumbo de los volcanes.

—Sabemos que **Acatzin** los acompaña —dijo **Ehecatl**—, además varios jóvenes del **Calmécac** van con ellos, esperemos que juntos puedan defenderse de los sacerdotes-guerreros.

—No eran sacerdotes-guerreros eran mercenarios contratados por **Itzcóatl** —dijo **Xolox** enfurecido—, debimos haberlo sabido, ¡Jamás los vimos en las escuelas! ¡Nadie se acuerda de ellos!

Intentó incorporarse pero todavía se encontraba delicado, **Zeltzin** quien acababa de entrar para curar sus heridas le dijo.

—No te esfuerces mi señor, también tú debes descansar, recuerda que la herida fue muy grave.

Xolox miró la belleza de **Zeltzin,** cuando le curaba la herida, ella sonrío tímidamente, pero desvió la mirada, porque pensaba que él seguía enamorado de **Quetzalli**, él le dijo suavemente.

—Eres muy hermosa **Zeltzin**, tienes unas manos maravillosas, que curan rápidamente las heridas, como por arte de magia. Ojalá y pudieras curar las heridas del corazón.

Ella se sonrojo aún más y casi se le caen los utensilios con que le limpiaba la herida.

—Además de muy valiente, sin su ayuda no habríamos ganado —dijo **Iztacoyotl**—, gracias **Zeltzin**, el concejo de Sabios premiara tu valentía.

—Solo cumplía con mi deber, además de ayudar a mi amiga.

Un ruido estridente los alerto, al salir observaron al **Popocatépetl**, que lanzaba cenizas y humo, la tierra se cimbro con más intensidad, ahora todo el pueblo gritaba espantado, el concejo de Sabios, no sabía qué hacer, al no tener sacerdotes confiables ellos mismos presidirían las ceremonias, el mal estaba hecho, porque además no contaban con los sacerdotes adecuados, tendrían que pedir ayuda a la ciudad de **Cholollan** para que mandaran nuevos sacerdotes.

Acatzin y los guerreros jaguar escondidos, esperaban a los guerreros-sacerdotes en las laderas de la montaña, él conocía muy bien esos lugares, ya que su clan y familia provenían de esas tierras, así que logró posicionar a sus compañeros con la mejor ventaja, sabía que en cualquier momento llegarían, el joven vigía mando señales, y **Acatzin** les dio aviso a sus compañeros que detuvieran el ataque lo más posible, hasta estar seguros de causar el mayor daño, los instantes parecieron horas.

Aunque los superaban en número no tenían miedo, tensaron sus arcos lo más que pudieron, a un señal de **Acatzin** iniciaron el ataque, una lluvia de flechas causaron un daño enorme en los enemigos, con certeros disparos de flechas lograron herir de muerte a varios de ellos, entonces **Acatzin** grito que se replegaran y huyeran nuevamente más arriba, los sacerdotes guerreros arremetieron con toda su furia y lograron alcanzarlos.

En ese momento, la tierra comenzó a temblar con tanta fuerza que nadie podía mantenerse en pie, los dos bandos se desconcentraron, el silencio que siguió fue abrumador se miraron unos a otros, de pronto un fuerte rugido casi les vuela los tímpanos, el volcán comenzó a hacer erupción piedras incandescentes caían alrededor suyo, la pelea quedó en segundo término, corrieron a protegerse.

Acatzin y los jóvenes guerreros, conocedores del terreno supieron donde protegerse de las bolas de fuego que arrojaba el volcán, los sacerdotes-guerrero fueron tomados por sorpresa, muchos murieron a consecuencia de las piedras incandescentes, los pocos que quedaron con vida, decidieron huir antes que quedar achicharrados, aunque no sabían que **Itzcóatl** había muerto, y no querían desobedecerlo, prefirieron salvar su vida. El poderoso **Popocatépetl** mostraba toda su fuerza, el humo la ceniza y el fuego que provocaban les hacía pensar que su vida terminaría pronto. Del otro lado de la gran grieta del **Coyotl**, **Acozac** y la princesa trataban de protegerse de la lluvia de ceniza y piedras incandescentes, el camino terminaba en una barranca inmensa, el desfiladero se interponía en su camino, la explosión del volcán provocó que **Quetzalli** perdiera el equilibrio y cayera al precipicio, un grito agudo cimbró la cañada, **Acozac** sin pensarlo dos veces se arrojó también al vacío.

Los jóvenes guerreros permanecieron agazapados largo rato, aunque ya la tierra no se cimbraba, la ceniza quemante continuo cayendo, no lograban mirar nada a más de unos pasos, poco a poco el humo fue cediendo, **Acatzin** sentía una aprehensión en su corazón, ordenó a varios jóvenes que salieran a inspeccionar el terreno, pensaba que los sacerdotes leales de **Itzcóatl** los estarían esperando, pero no, los pocos que sobrevivieron se habían retirado, la mayoría estaban muertos en el campo.

Comenzaron la búsqueda de la princesa y **Acozac**. El suelo, los árboles, las plantas, hasta los arroyos estaban llenos de ceniza, como un espectáculo sobrenatural, casi mágico, de no ser porque el humo les picaba la nariz y la garganta, pequeños incendios de los matorrales les impedían el paso, caminaron varias horas, tratando de encontrar a los enamorados, muy cansados y casi al borde de la cañada del **Coyotl** encontraron el escudo de **Acozac**, pensaron lo peor, habían caído era seguro, ellos tendrían que bajar, pero comenzaba la noche, sin embargo comprendieron el peligro en que se encontraba la princesa, decidieron descender poco a poco, con la escasa luz de la luna que se asomaba ya, y algunos matorrales que aún ardían, parecía el camino de los muertos del que tanto les hablaban cuando niños, como en aquellas procesiones que hacían celebrando a los que se habían ido a la morada de los Dioses, pero su corazón joven desafiaba todos los obstáculos y bajaron lo más rápido que podían.

En el fondo de la cañada el suave murmullo del río los tranquilizo un poco, se dispersaron a uno y otro lado de este, con antorchas reiniciaron la búsqueda, por fin uno de los jóvenes encontró a **Acozac** a un lado de la rivera, **Quetzalli** se encontraba junto a un árbol enorme cuyas raíces se perdían en el río. Ambos estaban vivos, **Acozac** recobró el conocimiento, la princesa respiraba pero no reaccionaba.

—Debemos llevarla a algún lugar seguro —dijo **Acozac**.

—Sé de un poblado que no se encuentra muy lejos —contestó **Acatzin**.

—Pero, ¿y los sacerdotes-guerreros?

—No te preocupes por ellos amigo mío, el poderoso **Popocatépetl** acabó casi con todos, los pocos que quedaron iban mal heridos, huyeron y no creo que regresen a **Teotihuacán**. Además, el ejército ya ha de haber entrado a la ciudad, de cualquier manera sugiero que enviemos a alguien a la ciudad, tal vez nos ayuden u obtengamos noticias.

—Está bien amigo mío, escoge dos de los mejores guerreros, les pido a los demás, un último esfuerzo, la prioridad ahora es salvar a la princesa —dijo **Acozac** mirando a su amada.

Todos los jóvenes guerreros alzaron su mano, en señal de apoyo, para ellos **Quetzalli** representaba la libertad y la fuerza de sus sueños.

33 Legado de un emperador

En la antigua y hermosa ciudad de **Teotihuacán** la tristeza era enorme, los juicios contra los traidores continuaban, muchos habían sido sacrificados, sin que se les permitiera defenderse, el simple hecho de haber estado en el bando de **Itzcóatl,** era prueba más que suficiente, ¿Quién era inocente y quién no?, eso nadie lo sabía, las pruebas que se tomaban como irrefutables, eran solo el odio que se había expandido por la ciudad, cualquiera podía acusar a alguien de ser traidor, o al contrario también se podía recibir una acusación de traidor.

El concejo de Sabios suspendió los juicios, porque lo único que producía era más odio y repudio entre los mismos clanes y familias, sin embargo ya era muy tarde, el mal estaba hecho, la única solución era el destierro de los traidores. Largas caravanas de desterrados, o de gente que deseaba salirse mejor de la ciudad se veían a diario, la ciudad se quedaba vacía.

La grandeza de una ciudad mística, se veía opacada por el desmoronamiento de la sociedad, era increíble que la ciudad que nunca había podido ser conquistada, que gozaba de gran esplendor y magnificencia, cayera por otros motivos. Sin embargo nada le pasaba a los edificios o templos, el odio entre los seres humanos podía más que cualquier guerra o terremoto, los saqueos y la destrucción estaban a la orden del día, ya sea por el destierro en sí, o por el abandono voluntario de sus moradores, muchas casas fueron destruidas. A esto se sumaba la cólera de Popocatépetl, el volcán humeante desataba su furia día y noche, sobre todo en los días más fríos, las fumarolas se alzaban terroríficas al cielo, y caía en forma de ceniza ardiente, que quemaba la piel, el humo enrarecía el ambiente y cerraba las gargantas, muchos enfermaron, en los rostros polvorientos, solo la mirada férrea de los más fuertes, mostraba su determinación de vivir.

La noticia que la princesa estuviera con vida, era esperada con ansia, sin embargo los rumores llegaron primero, junto con los guerreros que envió **Acatzin**, la princesa se encontraba mal herida, temían por su vida.

La salud precaria del emperador fue tambіén empeorando cada día, poco a poco su corazón, se fue llenando de una gran paz interior y una fortaleza que parecía inquebrantable, en un esfuerzo supremo pidió hablar con el concejo de Sabios. La reunión se llevó a cabo en el palacio de **Quetzalpapálotl**, donde el emperador presidio la última sesión de concejo.

—Amigos y hermanos míos, el tiempo de **Teotihuacán** ha terminado, así como mi vida, también llega a su fin.

Todos comenzaron a hablar tratando de animarlo, pero continúo con gran dificultad.

—No se preocupen, sé que mi vida se acaba, lo percibo, lo siento en mi alma, los Dioses han venido a mí y sé que no debo temer, mi ciclo ha terminado, sé que los Dioses protegerán a mi hija, tal vez ya no me vea con vida, pero quiero que le digan que la amé profundamente, como a su madre la bellísima **Xochiquetzal**, y a esta hermosa ciudad, sin embargo, siento una profunda tristeza por **Teotihuacán**, ya no somos dignos de vivir en ella, la hemos mancillado con nuestro odio, con nuestro rencor, con nuestra envidia y con nuestro ego, solo los verdaderos Dioses tiene el derecho de vivir aquí. Solo ellos y únicamente ellos.

—Propongo a mis hermanos —ya sin fuerza, continúo—. Que nuestro salvador **Xolox,** sea proclamado emperador, ya que posee todas las cualidades de un guía, es un gran guerrero y un prudente líder, que sabrá llevar a nuestro pueblo a un lugar más seguro, donde puedan comenzar otra vida, lejos del odio y la maldad, lejos del resentimiento y el rencor, que no supimos controlar.

—Volver a los ideales de nuestros ancestros, los valores que formaron nuestra gran ciudad **Teotihuacán**, igualdad entre todos los hombres, tolerancia, respeto por nuestros ancestros, amor, y gratitud con nuestra madre tierra, por lo tanto creo que la ciudad deberá quedar vacía, escondida, en parte para sepultar nuestros odios y rencores, en parte para que las generaciones venideras sepan, que solo los dioses son dignos de caminar en ella, varios de nosotros sabíamos que esto pasaría tarde o temprano, que tendríamos que abandonarla, porque necesitamos recomenzar con nuestros principios y nuestra ideología— ya muy débil decía—, al sur podrán llegar, pasando las regiones de los reinos de los cinco lagos, donde existe un lugar fabuloso, lo sabemos, el concejo de sabios había previsto esta situación, tú lo sabes muy bien hermano mío **Iztacoyotl**.

Al decir esto sonrió tristemente, recordando los planes que desde tiempo atrás tenían trazados. Sabía muy bien que su tiempo se acababa, ya no vería la transformación, pero estaba muy seguro de quién la llevaría a cabo. El único capaz de continuar con su legado. Y dirigiéndose a **Xolox** le dijo, con voz casi en un susurro.

—Sé que podrás llevar a nuestro pueblo a la región de **Teotenango**, sé que serás buen emperador, cuídalo bien, se benevolente y justo, mi tiempo ha terminado —. Volteó a mirar a los enviados de **Acatzin**—. Sé que mi hija me perdonará por no haberla escuchado, dondequiera que ella se encuentre en este momento, sé que los Dioses la protegerán y cuidaran de ella.

Ya no dijo una palabra más, su voluntad y su fuerza inquebrantable por fin sucumbían, se desvaneció. Y así comenzó su largo peregrinar hacia el sendero de los Dioses.

Esa misma tarde murió, jamás un emperador, había sido tan querido y respetado, al recibir la noticia de su muerte, el pueblo lloró amargamente, los caracoles guerreros sonaron con fuerza, avisando a los Dioses la noticia, ahora la pregunta que todos hacían era ¿Dónde sepultar al más grande de sus emperadores?, ¿quedaría dentro de la pirámide más grande del mundo?, o ¿O llevarían su cuerpo al regazo del poderoso Popocatépetl? Nadie decía nada. Solo las palabras de **Iztacoyotl,** se repetían como sonora sentencia de la ciudad más hermosa jamás construida por el hombre, "**Tecalco** será recordado como el último de los grandes emperadores, el último de los teotihuacanos que caminaría al lado de los Dioses".

Quedaría ahí solo con la ciudad que tanto había amado, como cuidándola, protegiéndola y enseñándole a los futuros pueblos, que solo los dioses son dignos de caminar por sus calzadas.

Mientras tanto, cerca del volcán, los jóvenes guerreros lograron encontrar un pequeño poblado, donde protegieron a la princesa, ahí les proporcionaron agua y un chamán intento hacer que **Quetzalli** recuperara el conocimiento, les pusieron al tanto de las noticias de **Teotihuacán**, **Itzcóatl** había sido derrotado pero el emperador también había muerto, todos se entristecieron, **Quetzalli** al fin volvió en sí, al enterarse de las noticias, sus ojos se humedecieron y se entristeció mucho por su amado padre, pero les dijo con voz firme.

—Gracias amigos por ayudarme, ahora tendremos que apresurarnos a llegar a la ciudad, y ayudar a la reconstrucción.

Era admirable su fuerza y su voluntad, todos estuvieron de acuerdo y se prepararon para emprender el camino.

En la ciudad los preparativos continuaron, la ceremonia para despedir al más grande emperador, les distrajo un poco de su pena y su melancolía, aunque la tristeza continuaba en su corazón, las noticias llegaron pronto, la princesa **Quetzalli** y **Acozac** estaban vivos, regresaban con los jóvenes guerreros, esas noticias animaron al pueblo.

La gran ciudad de **Teotihuacán**, antes bulliciosa y llena de vida ahora parecía inmensa y desolada, por lo menos así le pareció a **Quetzalli** cuando entró por fin, pero al oír la noticia, todo el pueblo salió a recibirla, todos se admiraban de su belleza, que no había sido opacada por la tragedia, pidió que la llevaran donde se encontraba el cuerpo de su padre, **Iztacayotl** quien era el regente en ese momento mientras llegaba la ceremonia para nombrar a **Xolox** emperador, acompañó a la princesa al recinto donde tenían su cuerpo preparado para la ceremonia de despedida.

Quetzalli se arrodilló ante él, y dándole un beso en la frente, con voz fuerte y firme dijo:

—Descansa ya, padre mío, ahora irás donde los Dioses, sé que te recibirán alegres, ahora serás como ellos porque caminaste en esta ciudad, la cuidaste con tu vida misma, serás recordado como el último de los grandes emperadores.

Acarició por última vez aquel rostro que amorosamente la había cuidado en su niñez, en ese momento, sus fuerzas llegaron al límite, **Acozac** la tomó en sus brazos y la llevó con los curanderos.

La ceremonia comenzó al día siguiente, el lugar donde los sacerdotes y el gran concejo enterrarían al emperador era secreto, así que el pueblo tuvo que retirarse, después, cuando se otorgó permiso de regresar, las ceremonias continuaron por varios días, la ciudad lloraba al benevolente **Tecalco**, poco a poco llegó una calma aparente, pero la comida y el agua comenzaron a escasear, lo que tanto temía el concejo de sabios se hacía realidad, las líneas de comercio estaban rotas, la ciudad quedó aislada al no tener suministros, la ciudad desfallecía.

Tiempo después **Xolox,** fue proclamado emperador y se casó con la princesa **Zeltzin** la fiel compañera y amiga, todo el pueblo celebró, con la poca alegría que les quedaba.

La princesa **Quetzalli** también se recuperaba, con los cuidados de **Zeltzin,** pronto pudo caminar nuevamente.

—Creo que pronto podrás volver a presidir la ceremonia del maíz —dijo **Zeltzin** divertida.

—Ni lo sueñes amiga, jamás volveré a esa rutina tan tediosa, debería haber una revisión de esas ceremonias, no sé, tal vez suprimirlas.

—No creo que eso sea posible, aunque ya no este **Itzcóatl**, la costumbre de los rituales prevalecerá por toda la eternidad.

—Tienes razón **Zeltzin**, no creo que podamos modificar eso, pero si debemos educar a nuestras hijas ante la vida.

—Oye me sorprendes, apoco ya…

—No como crees, **Acozac** y yo nos casaremos pronto, pero hemos pensado en viajar a las tierras del **mayab** con el príncipe **Balam**.

—Sí, **Xolox** me comentó algo de ese asunto.

—Estoy muy contenta por ti **Zeltzin**, ya no eres la princesa dócil y apagada, ya brillas con luz propia.

—Gracias a ti amiga, tú me enseñaste que la felicidad es algo que se tiene que buscar, y algo por lo que vale la pena luchar, que sí podemos soñar, también podemos cumplir nuestros sueños.

Ambas princesas se abrazaron y lloraron de felicidad, después el pueblo celebró la boda de **Acozac** con la princesa **Quetzalli**, y partieron rumbo al sur, con su amigo Balam, **Xolox** ordenó que la ciudad fuera ocultada lo más que pudieran, después de un tiempo, preparó la gran travesía hacia las tierras del sur. Y guío a su pueblo hacia las regiones de **Teotenago,** donde ese pueblo logró construir una ciudad amurallada que con el tiempo, llegó a ser, la más hermosa y fabulosa del mundo conocido.

34 El secreto de un anciano

Sonaron los caracoles de alerta, el anciano y los jóvenes que oían el relato se sobresaltaron, el relato del anciano había llegado a su fin, pero los jóvenes querían que continuara con sus relatos, sonriente y complacido trataba de decirles que debían continuar su camino, la larga travesía que llevaban, todavía no encontraba su fin, sinuosos caminos, desiertos abrazadores, pantanos peligrosos y aún no habían encontrado, las señales descritas por sus profetas.

El pueblo nómada que había salido de la región de **Aztlan**, huyendo de la tiranía y la opresión, continuaba su camino, buscando la región más bella del valle del **Anáhuac,** como se lo habían augurado sus profetas, la tierra que sus dioses les tenían reservada, donde fundarían el imperio más grande del mundo.

El anciano intento retirarse, pero los chiquillos le atosigaban con preguntas.

— ¿Dónde enterraron los restos del emperador **Tecalco**?

— ¿Por qué trataron de ocultar la ciudad?

— ¿La ceniza del volcán sepulto la ciudad?

— ¿Qué gran secreto tenia **Teotihuacán**?

— ¿**Quetzalli** y **Acozac** tuvieron descendencia?

— ¿Lograron llegar a las tierras del **Mayab** con su amigo **Balam**?

— ¿Dónde se fue todo el pueblo de **Teotihuacán**?

Con una gran sonrisa trataba responder a todos, pero fueron apresurados por los guías, debían continuar su peregrinaje, todos los chiquillos de mala gana se fueron a sus lugares, pero solo después de que el anciano les prometiera, que continuaría narrándoles otras historias maravillosas.

Al irse todos el anciano sonrío, a lo lejos la fumarola del **Popocatépetl** majestuosa recortaba el cielo, el secreto mejor guardado de **Acatzin,** lo sabía el también. Porque era tradición de la familia de su clan, durante generaciones los descendientes de **Acatzin** narraban esa historia maravillosa de amor, de rivalidad de dos caballeros, enamorados de la misma princesa, de la decadencia humana y la destrucción de la ciudad donde los Dioses habían caminado, durante muchísimo tiempo atrás. La ciudad que escondía más secretos que las piedras con que fue construida. Él era descendiente directo de **Acatzin** el mensajero y el protector del secreto más grande de todos los tiempos, la verdad sobre el paradero de la princesa y el caballero jaguar en las tierras altas, después de su paso por las tierras del **Mayab.** Otro imperio había surgido y desaparecido, ahora le tocaba a este pueblo que en caravana había dejado atrás la esclavitud, llegar a convertirse en otro imperio mucho más grande y poderoso.

Por la juventud de este pueblo nómada, corría sangre real y pronto llegaría su momento, el de las profecías solemnes, de volver a crear un imperio tan grande, como el que había llegado a ser **Teotihuacán**, que aunque solo era una ciudad, había influenciado a todas las regiones del mundo, incluso los poderosos caciques de la región del **Mayab,** quienes habían sucumbido ante la maravillosa influencia de **Teotihuacán,** la ciudad donde los Dioses habían caminado.

FIN
(De la primera parte de "**El Ciclo del Anáhuac**")

Agradecimientos

A la maestra y escritora
EDMÈE PARDO
Quien en sus cursos imparte sabiduría.

En especial a el Grupo Cultural
Calpulli Atlachinolli Nayarit A.C.
Ignacio Tizok González Velázquez
Tamara López Cruz
Francisco Marcial Mazatzin González
Emmanuel Yaocelotzin González
Ramiro Huehuecoyotl Gómez Flores
Ollincuauhtli Ignacio González

Muchísimas Gracias a la bellísima:
LINDA MARISCAL GRACIAN
Quien me permitió usar una de sus fotos para la portada de este libro.
Y al fotógrafo **JP Stones Photography Workshops**
Por su excelente trabajo.

Cualquier comentario o duda favor de contactarme:

igzv0123@gmail.com
O EN FACEBOOK
"Gonzalo Zacaula Escritor"
"Literatura Prehispánica Tecámac"
México (55) 38 08 08 13